結界師的一輪華

1

輕文學
Light Literature

目錄

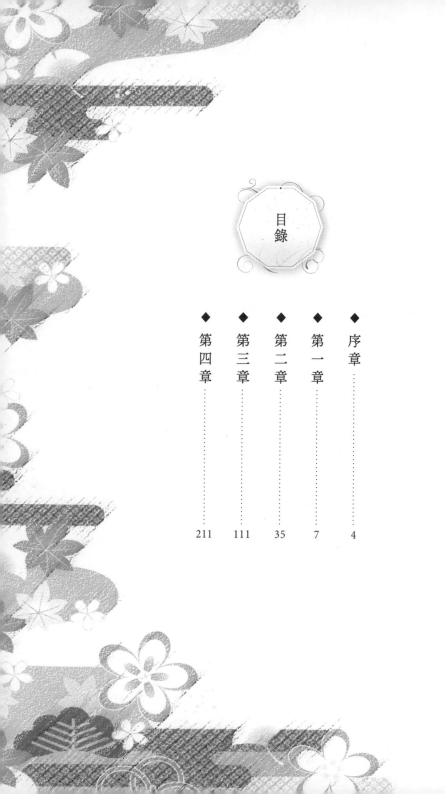

序章

在日本，有個僅極少數人得以知曉的國家機密。

自古以來，這個島國由五大柱石支撐。

只要失去其中一個柱石，日本就會遭逢巨大災厄。

這等同於救命繩索的柱石，分別由五個家族守護。

這五個術者家族分別為：一之宮、二條院、三光樓、四之門、五葉木。

五大家族利用其神祕的力量，在柱石周遭設下結界，自遠古以來就守護這個國家不受外敵侵犯。

外敵種類眾多。

首先是人類。若是人類，普通人也有辦法應對。

但以柱石為目標的不僅人類，也包含非人類在內。

術者將這些非人類稱為「妖魔」。

妖魔欲搶奪柱石足以支撐國家存在的巨大力量，時刻窺伺可乘之機。

張設結界、從這些外敵手中保護柱石，封印或者消滅這些帶有惡意的非人類，就是五大家族及其旁系分家的使命。

這是發生於僅有極少數人可知的世界之故事。

同時，也是個出生自此術者家族，一位少女的故事。

第一章

一瀨家，是守護柱石的一之宮家族的其中一個旁系分家，同時也是被允許知曉機密的極少數人之一。

今日，一瀨家廣邀親屬舉辦了盛大的派對。

這天是雙胞胎姊妹——葉月與華的十五歲生日。

也是華迎接人生轉捩點的日子。

華坐在葉月身旁，但她很清楚，雙親以及賓客都是來替雙胞胎姊姊葉月，而非自己慶生。

雖然覺得他們表現得實在太露骨了，明明華同樣也在今天迎接十五歲，但她自小已習慣於這樣的差別待遇。

自從對家人斷了所有念頭那天起，華的心早已平靜得絲毫不起波瀾。

即使如此，雙親還是會針對華和葉月間的能力差異，不時對華冷嘲熱諷，華表面上擺出值得嘉許的表情，但她總在心裡吐舌敷衍。

華有自覺，自己這些年個性越變越糟糕。

她和葉月之間也相同，持續著幾乎無對話的狀態。

今天甚至是睽違幾天以來的碰面，更別說上次如此比肩而坐，已經是多久以前的事情了呢？

華感到些許落寞，也交雜著「早就和以前不同」這極為冷漠的心情。

她轉頭看向葉月，她仍舊受到大家歡迎，在眾人面前展露陽光般的開朗笑容，而另一方面，被評價為「葉月的殘渣」的華，冷眼邊佩服姊姊「還真是能幹哪」，邊啜飲著果汁。

集眾人期待於一身的葉月，獲得的評價與華完全相反，是開朗、優秀且待人和善的完人。

華以前很崇拜這樣的葉月，但她最近逐漸明瞭——

這只是葉月的偽裝。

或許正因為身為雙胞胎，才得以察覺的吧？

葉月的表情充滿虛假。

討人喜愛的笑容，該怎麼做才能看起來出色？該怎麼說話，才能被評為優秀的好孩子？葉月的表現全都經過算計。

她以前的笑容明明更加自然的啊……

改變的人或許不只華，葉月也同樣改變了吧？

絲毫不在意身邊的人把她當作透明人看待的華，感受著對盤中蛋糕沒有絲毫感動的慶生會。

當她滿心期待這場只是討葉月歡心的生日派對快點結束時，事情倏然發生了。

她沒做什麼特殊的行為，不過是吃蛋糕而已——雖然覺得吃蛋糕前吃太多炸雞塊了，但她身體狀況良好，體魄強健是她唯一的優點。

沒有任何預兆，華突然全身發熱，這突發的狀況讓她停下動作。

當體內的熱不自覺朝外釋放後，華感覺自己身體內部，有什麼東西彷彿蛋殼脫落般逐漸剝落……

❀❀❀

一之宮，守護柱石的五大術者家族之一。

身為一之宮旁系分家，一瀨家往昔在分家內的發言權強大，連一之宮的家主也無法等閒視之，但一瀨家已經很久沒有誕生能力強大的術者了，在分家內的發言權及地位也因此逐漸下滑。

這樣的一瀨家有對雙胞胎姊妹。

妹妹華，每天過著與姊姊葉月相比較的生活。

身為雙胞胎，兩人容貌相仿，但身為術者的能力卻有天壤之別，葉月能力出眾，華會被拿來比較也是情有可原。

葉月很早就展現出足以與一之宮本家的術者匹敵的能力，雙親及身邊的人自然對她抱以高度期待。

特別是父親對一瀨家現今的地位十分不滿，野心勃勃地希望有天絕對要重返榮耀。

也因此，他對葉月抱持的期待強烈到簡直可說異常的地步。

而華和葉月不同，不管多大，術者的能力仍然低落，雙親每次看到她都不禁歎氣，她從小就因此感到非常受傷。

因為是雙胞胎，華相信自己也能變得和葉月一樣，拚了命地學習，也進行了術者該做的修行。

但現實很殘酷，華的力量沒有變強，仍舊被當成葉月的配角，姊姊留下的殘渣。

葉月的容貌，即使尚且年幼也擁有五官端正的成熟美，她的笑容如同盛開的花朵，有讓氣氛瞬間開朗的魅力。

能力高、個性開朗且外向擅長社交，這樣的葉月自然受到眾人喜愛，她總是身處人群的中心。

身為雙胞胎，容貌相仿的華無疑也是美人胚子，但與葉月相較就是差了一截，樸素且稚嫩。

葉月鬆捲的淡色頭髮，和華漆黑的長髮也帶給人不同的印象。

華不擅社交，也不喜歡引人關注。

所以從遠方看著眾星拱月的葉月時，華總感覺葉月過於耀眼，難以靠近。

因為太常被身邊的人比較，華也會把自己與葉月相較，然後逕自沮喪。

但她認為姊妹間的感情絕不算差，在小學低年級時……

雙親的期待全放在葉月身上，自然變得對華漠不關心，但葉月常常會安慰沮喪的華。

這溫柔的另一半對華來說，也是自己最感驕傲的姊姊。

當時兩人還常常談天，聊學校、聊朋友，也聊彼此的不平與不滿。

葉月對周遭的期待感到開心的同時，也常常抱怨很辛苦。

這對沒人寄予期待的華來說，是相當奢侈的煩惱。

一般來說，應該會對受到格外優遇的葉月產生什麼負面情緒，但很不可思議的是，華絲毫不忌妒姊姊。

或許正因為如此，雙胞胎的感情才能那麼好。

但是，決定性的差異出現了。

那事發生在十歲時，第一次創造式神那天。

創造式神可說是成為術者的第一場考驗，成功者才能被家族接納，成為見習術者。

因此對術者家族來說，十歲這天是特別的日子，會廣邀親戚前來盛大慶祝。

家裡寬敞庭院的地面上畫著五芒星，四周燃起蠟燭。

華和葉月一臉緊張地站在前面，許多大人圍繞在旁，看著兩人。

式神，是由術者灌注力量後創造出來，可成為術者左右手的存在，也可說是自己的分身。

式神的外貌與力量強弱，會隨著術者能力高低改變。

強大的式神會說人話，可以與人溝通。

這對在家中少有支持者的華來說，對可以得到自己的——僅屬於自己且絕對不會背叛的朋友，她感到無比歡喜。

華創造出來的式神，是蝴蝶。

那是有雙虹彩翅膀的美麗蝴蝶，但昆蟲被視為最低等的弱小式神。

華對第一個式神感到喜悅，但雙親看見華只能做出最低等的弱小式神，連最後殘存的片鱗期待也消失得無影無蹤，雙親的表情讓華留下強烈的印象。

這次，華仍無法回應雙親的期待。

當華沮喪之時，葉月也在旁創造出式神。

而且還是被認定為最高等式神的人型式神。

周遭頓時歡聲沸騰。

雖然是個和華與葉月相仿，大約十歲左右的男孩式神，但就連嫡系本家的術者，也鮮少有人能創造出人型式神。

華和葉月有個名為「柳」的哥哥，柳也被認為將來大有前途，但就連他也沒辦法創造出人型式神。

所以雙親與哥哥大為誇獎葉月也絲毫不奇怪。

但是……

彷彿遭到遺忘、被孤單留下的華非常落寞，只有翩翩飛舞的虹彩蝴蝶陪在華身邊。

「你在安慰我嗎？」

和葉月創造出來的式神不同，華的式神不會說話。

雖然無法對話，但華隱隱約約感覺蝴蝶正在擔心她。

「謝謝你，你願意陪在我身邊啊。」

蝴蝶像在回答華「就是這樣」一般停在她肩膀上。

蝴蝶願意陪伴在連父母也放棄的自己身邊，這件事讓華開心得泫然欲泣。

「得替你取名字才行呢，要取什麼好呢？」

華的腦海中倏然冒出一個名字。

「梓羽，你覺得怎樣？很適合漂亮的你哦。」

虹彩蝴蝶開心地翩翩繞著華飛舞。

自己的，僅屬於自己的伙伴。

雖然無法說話，但在此一瞬間，梓羽成為華無可取代的存在。

但是，就在得到梓羽這存在的同時，華也和原本要好的葉月漸行漸遠。

雙親期待葉月身為術者的才華，把所有的關注全放在葉月身上。

只替葉月延請優秀的家教老師，試圖讓葉月的術者才華加倍提升。

如果華開口要求自己也想要學習，反而會遭父母責罵「妳別妨礙葉月！」

無奈之下，華只好自己翻書，以自己的方法學習。

被強迫學習各種事情的葉月，與無法得到任何資源的華，兩人之間的差距因此越拉越大。

身為支撐國家的一之宮家旁系，華的家境相當富裕，即使雙親只專注看著葉月，根本不理會華，家裡也還有傭人會照顧華。

若非如此，華大概連存在都會遭到遺忘，甚至可能三餐不繼。

華和葉月之間的差別待遇，嚴重得讓人不禁有這層憂慮。

從這裡就能看出雙親對葉月抱有多大的期待，但對被忽略的人來說，更是難以接受。

在妹妹華的眼中，哥哥柳也是個不知道在想些什麼，沉默且面無表情的人。

就連這樣的哥哥，在葉月創造出人型式神時，也難得笑著誇獎葉月。

明明連瞧也不瞧創造出梓羽的華一眼啊。

因為哥哥這種表現，就算他面無表情，華也能明白哥哥和雙親都是用同樣的眼神看自己。

自然，華對哥哥感到畏懼而閃避，儘管生活在同一個屋簷下，但已經好幾年不曾對話了。

但就這點來說，和雙胞胎葉月間的狀況也相去不遠，葉月每天忙著上家教還要學習各種事情，和華也失去了對話。

在這之前，兩人絕對有獨處的時間；連這點時間也抽不出來，讓華感到相當寂寞。

華也曾經鼓起勇氣去找葉月說話。

但是，葉月的行程受到嚴格管理，難以置信是個孩子會有的行程，母親制止華的態度明顯表現出葉月根本沒時間和華說話。

「華，葉月和妳不同，葉月是這個一瀨家的希望，一秒也不允許妳拿無聊的事情剝奪葉月重要的時間。」

「……好的，媽媽。」

既然如此，華只能希望葉月能主動找自己說話了，但就連一家團聚的晚餐時間，葉月也只和雙親說話，從來不曾和華說話。

升上國中之後，葉月以課業繁忙為由，開始在自己的房裡吃晚餐後，母親陪伴葉月，父親也因為忙碌不見人影，大十歲的哥哥也正式開始術師工作而不回家。

只留下華一人。

單獨坐在大餐桌前吃飯，實在味如嚼蠟，完全無法感覺到食物的美味。

為了讓自己不要感到那麼孤獨，華也開始把三餐端進自己的房裡吃。

她也不清楚為什麼會變成這樣。

不久前雖然也多少煩惱著差別待遇，但再怎樣還能說是家人。

但現在的家人還能說是家人嗎？

明明想要否定卻難以否定，現在這個家已成一盤散沙。

「是我的錯嗎？」

沒有能力的自己。

不如葉月那般優秀的自己。

但是，那又怎樣。

被這種事情耍弄的雙親、葉月，以及自己，真是可笑無比。

華回想起那天。

因為沒有家教，華只能用自己的方法拚命學習，當考試結果發還的那天。

華對這次的考試相當有自信，正如她所預料，她大幅超越平均分數，得到九十分。

華拿著考卷開心地跑到父親跟前報告，但父親只回以冷漠的眼神。

「為什麼沒拿滿分？所以我就說妳沒用。葉月可是理所當然拿到滿分，妳卻只對這種程度感到高興。再多學學葉月一點，妳本來就沒什麼術者的能力了啊！」

華還以為父親會替她高興，意外遭到斥責讓她幾乎落淚，但她極力忍耐。

「妳起碼在學科上超越葉月吧。」

「……對不起。」

興奮之情消失得無影無蹤，華沮喪地回到自己的房間，想要安慰華的梓羽在她面前翩翩飛舞著。

此時，一位傭人，名叫紗江的年長女性來到華身邊。

一瀨家的傭人都很同情被雙親忽視的華，盡可能在大小事上照顧華。

領頭這麼做的人就是紗江。

這位比母親年長、已有斑白髮絲的女性，總是溫柔地對華微笑，是華最喜歡的人。

紗江端著放上蛋糕的托盤走了過來。靜靜擺上桌的蛋糕，盤子上用巧克力寫上了「恭喜」。

「紗江阿姨，這是怎麼了？」

「華小姐考試考了好成績，這是給妳的獎勵。」

父母也吝於稱讚的成績，竟然會得到其他人的誇獎。

「華小姐非常努力了呢。」

「但是，爸爸說我是沒用的小孩……」

說出口的話，也狠狠刺傷了自己。

因為這是她也明白的事實。

到底該怎麼做，才能得到父母的關注呢？華想破腦袋也想不出來，再怎麼說，術者的能力都是天生的，實在無法靠努力彌補。

看著沮喪的華，紗江不留情地斬斷這份消沉的心情。

「無法理解孩子有多努力的父母，不要也罷。」

這是相當嚴厲的一句話。

以傭人評論家主夫妻的話來說，甚至可說過分。

華不禁嚇傻了。

「華小姐，您不需要討好父母。」

紗江輕輕握住華的手，她的手好溫暖，臉上的微笑充滿慈愛。

連母親也不曾對華露出這種表情，華感到心緒動搖。

「看著您的人都確實看見您有多努力，我當然也是，所以，請華小姐活出您自己。」

紗江說完之後就走出房間，只留下桌上的蛋糕。

待在只剩自己的房內，紗江剛剛說出口的話，一點一滴滲入進華的心中。

希望父母不僅只看葉月，也能看看自己；為此，華不惜任何努力。

她好希望父母也能認同她的存在。

只不過，原來是這樣，自己在討好父母啊。

「呵、哈哈哈。」

不知為何湧出笑意。

看在旁人眼中肯定認為她是怪人，但她無法止住笑。

「啊哈哈哈……哈哈啊……」

笑累了，華大嘆一口氣後，成大字型仰躺在榻榻米上。

「不需要討好父母啊……」

或許確實是如此。

不管做什麼都會拿來和葉月比較，連一句話也吝嗇稱讚華努力的雙親。

自從最近不再一同用餐後，有些日子甚至連一面也見不上。

已逐漸變成空有血緣關係的陌生人。

她得要一直看這些人的臉色生活嗎？

直到永遠？

如此思考後，突然感到強烈的厭惡。

這實在太令人悲傷了啊。

明明知道他們不會回頭看自己，卻死纏著不放、不停冀望他們有天可以看看自己。明明早已隱約察覺他們不可能回過頭來……

有什麼事情比這更悲哀的嗎？

華好討厭這樣的自己。

她想要活得更自由，想要不需要忌憚他人，隨心所欲地活著。

心情隨他人說出口的話或態度又喜又憂，簡直跟傻瓜沒兩樣。

她想要好好稱讚努力的自己。就算沒有其他人認同，唯有自己要認同自己……

如此想開後，心情頓時變得輕鬆。

感覺在此之前折磨華的痛苦、悲傷等情緒，被其他東西吸收後，轉化成一種堅韌、強大之物。

只留下了放棄，以及原諒。

從此刻起，華不僅不再在意雙親所說的話及周遭給她的評價，也不再想要追求這些了。

因為她發覺自己已經足夠幸福了。

她有梓羽，不管發生什麼事情都會陪在身邊的夥伴。

還有像紗江一樣確實關心自己的人。

自己不就已經擁有這麼多了嗎？

到底有什麼值得哀嘆的呢？

在放棄許多事情之後，華活得輕鬆多了。

彷彿重獲新生般的舒爽。

如此一來，也變得能客觀看待家人：

自出生以來常伴左右的另一半；

相同卻也不同的雙胞胎姊姊；

遠遠超越華、強大的術者能力——

是一直被稱為「劣等品」的華的驕傲，她崇拜的對象。

只不過，真的是如此嗎？看著葉月，華不禁思考著。

在華眼中，葉月彷彿被雙親的期待五花大綁。

早上起床去上學，放學回家後連休息時間也沒有，行程受到嚴苛管理。

雙親將一瀨家的未來全寄託在葉月身上，但看在華眼中，感覺如同桎梏。

對此，葉月會感到滿足嗎？

在華苦惱擔心時，等到了久違能和葉月講話的機會。

「葉月，妳今天不用上課嗎？」

「聽說老師突然生病。」

兩人最後一次說話的記憶已太過遙遠，就連這種微不足道的對話也教人懷念。

能和葉月說上話就讓華感到很開心，但感覺葉月似乎變得有點生疏，氛圍與以往不同。

而且總覺得她看起來很累。

所以華忍不住把這問題問出口：

「葉月……會不會很累？」

「怎麼了，為什麼突然這樣問？」

「妳每天被迫完成那種密集行程，會不會很累？連玩耍的時間也沒有。向爸媽要求多一點休息時間也沒關係吧？如果很難說出口，就讓我……」

「妳別多事！」

葉月猛然激昂的態度，讓華驚嚇到只能張嘴呆愣原地。

「念書和學東西都是我非做不可的事情，因為我受到大家期待，沒有才華的妳應該不明白，但總有一天連本家的人也會需要我，我和吊車尾的妳不同！」

「葉月……」

「今後別再對我的事情多嘴！妳對術者的事情根本不了解！」

葉月說完後，看也不看華一眼，就轉身離去。

華一句話也無法反駁，只能呆呆站著，無言以對。

對於葉月瞧不起自己這件事，她多少受到一點打擊。

但是算了，這也情有可原。從小到大事事都被拿來相比，又受到眾人吹捧，葉月自然而然會看輕華。

過了一會兒，華的腦袋終於有辦法冷靜運轉。

多虧紗江那句話，華已經從雙親期待的枷鎖中解脫，但葉月仍舊被囚禁在其中吧。

華很清楚那無法輕易掙脫。

因為那宛如洗腦般，一直緊緊糾纏著不放。

雖然覺得葉月很可憐，但被她看輕的華不管說再多，葉月肯定都會跟方才一樣，聽不進去吧。

華無奈地嘆氣。

「葉月沒辦法自己察覺，就沒意義了啊。」

雖然感到無奈，但聽到葉月那樣說還是令人生氣。

華決定在旁靜觀。

❀❀❀

在那之後，華也放棄了許多事情、容忍了許多事情，不知不覺中對家人也感覺宛若陌生人了。

今後肯定也不會有任何改變，家人對她冷眼以對，而她也對家人漠不關心，就這樣長大成人吧？

這樣的生活扭曲了華的個性，但沒有人發現這件事，時間不停流逝著。

身邊有梓羽，自己珍貴且可愛的夥伴，華覺得只要有梓羽在身邊就好了。

直到異狀發生的十五歲生日那天為止。

在吃蛋糕時發生異狀，華無法掩飾內心的慌張。

彷彿老舊的東西逐漸剝落，全新的事物就要浮出表面……

或者是至今深藏在裡面的東西，即將破殼而出的感覺襲擊著華。

接下來，華感覺至今未曾感受過的強大力量，不停往外溢流。

「……唔！」

華忍不住摀住胸口，想要抑制這股力量。

「怎麼了嗎？」

果然因為是雙胞胎嗎？

比所有人早一步發現華出現異狀……不對，只有葉月一個人發現異狀。

「沒、沒什麼……」

「妳臉色很不好耶？」

「有嗎？」

華表面佯裝平靜，其實內心相當慌張。

但殘存的冷靜告訴她，別繼續留在這裡比較好。

華不慌不忙，安安靜靜地起身。

「華？」

葉月擔心地望著她。

原來，葉月還留有一點會擔心她的情意啊，華感到無可言喻的感動，但那也僅僅一瞬。

由於難以招架發生在自己身上的事，華實在沒有心思顧及葉月。

「我有點不舒服，先回房間休息喔。」

「沒事嗎？」

「休息一下就好，沒事的……」

只留下這句話，華就離開了房間。

反正對所有賓客來說，只要有葉月在場就滿足了，華一個人消失也不會有人有意見。

離開眾人視線後，華急忙跑回自己房間。

在這幾年間，華的房間從主屋搬到別屋。

雖說是別屋，但也是一個人居住也過於寬敞的獨棟房子。

從十歲起一直有梓羽跟在身邊，紗江等人也時時會去看她的狀況，所以比起寂寞，能和家人保持明確的距離更讓華感到滿足。

也減少了每次被雙親以術者能力低落這點教訓她的機會。

搬到別屋是華提出的要求，幸好因為沒人使用，立刻便得到應允。

雖然不清楚對父母來說，是否因為他們看劣等生的華不順眼而答允，但華很高興可以得到不受他人侵犯的聖地。

回到可以放下心的別屋時，華直接倒上床。

梓羽很擔心地在她身邊飛舞，但身為蝴蝶，梓羽什麼事情也辦不到。

華抱緊自己的身體，縮成了一團。

「唔……」

好熱，胸口深處好熱，這股熱意在身體裡亂竄，試圖衝出體外。

華因為熱度而呻吟出聲，直到隔天早晨……

熱度完全消退，昨天的事情彷若一場夢，

甚至覺得身體比以往更加輕盈。

與此同時，

華也發現了深藏在自己身體內的巨大力量。

雖然沒人告訴她，但華理解這是股什麼力量。

或許更正確的說法是，力量本身告知華這件事。

「梓羽，你過來。」

華呼喊唯一的式神，梓羽翩翩飛舞後，停在她伸出的食指指尖上。

接著，華將從體內湧出的力量，一點一滴傳送給梓羽。

絕對不能太過著急，必須要慢慢來，讓梓羽可以接納……在確實將力量傳送給梓羽後，梓羽的翅膀變得更加鮮豔。

彷彿表示無法繼續接受力量，梓羽飛離華的食指。

華停止輸送力量，看著梓羽。

「梓羽，還好嗎？」

接著，這是怎麼一回事，確實聽見明明應該不會說話的梓羽的聲音：

『嗯，主子大人……』

宛如口齒不清的幼兒般，不清楚性別的聲音。

啊啊……華在此確定了自己感受到的確實無誤。

華終於得到手了。

在長年來已然放棄後，終於得到身為術者的強大力量。

且她同時感覺到，這份力量甚至超越葉月。

華邊感受著體內無止盡湧出的力量，雙手摀住臉。

如果要替這份情緒命名，該稱為什麼呢？

華也不清楚。

『主子大人，妳在哭嗎？』

「……沒有，我沒有哭。」

『很難過嗎？』

「是……難過嗎？或許是高興吧……不對，果然還是很難過？我也不知道該如何表現才好。」

華一直覺得無可奈何。

身為術師，自己的力量弱小，是無可奈何的事。

和葉月相比，令人悲傷、痛苦，接著在不知不覺中學會放棄。

力量卻在此時此刻覺醒，誰有辦法想像這種事情發生呢？

連華自己都難以置信。

但體內這股巨大的力量，確實在華的身體裡流動著。

彷彿打從一開始，就極其自然地存在華身體內。

早已放棄的力量，現在就存在著。

好高興——但同時也覺得：「為什麼現在才出現？」

如果能更早一點得到，自己也不需要痛苦了。不需要欣羨葉月，也不需要被自卑折磨。

「真的是，為什麼是現在啊。」

太晚了。

這該對誰抱怨才好呢？華也不知道。

『主子大人？』

發現梓羽擔心地探問，華終於對他露出笑容。

「梓羽，我沒事的。比起這個，我終於可以和你說話了。」

『嗯，好高興喔。』

「我也很高興。」

原本很弱小的蝴蝶式神，

現在卻讓人感受到非常強大的力量。

這樣下去，身邊的人會立刻察覺異狀。

稍微靜觀其變後，梓羽身上原本閃耀光輝的鮮豔色澤逐漸消失，變回一如往昔的模樣。

『我試試看。』

「梓羽，你有辦法壓抑力量嗎？」

與之同時，華也感覺從梓羽身上流瀉而出的力量變小了。

『主子大人，這樣可以嗎？』

「嗯，你做得很棒。今後除非必要，請你一直隱瞞自己的力量喔。」

『不告訴其他人嗎？主子大人好不容易終於變強了耶。』

「不告訴別人，這是只有我們才知道的祕密。」

梓羽感到很不可思議，但既然是華的希望，他也沒深思便答應：

『我知道了。』

華並非沒有想法。

得知華覺醒了甚至超越葉月的力量，雙親肯定會很高興。

接著，華終於可以得到父母的稱讚。

周圍諷刺「華只是葉月殘渣」的人，也會對她另眼相看。

但是，那又如何？

他們至今對華做出的行為，不會因此一筆勾銷。

輕蔑、失望、嘲笑、忽視她的雙親以及周遭的人的所作所為，華不可能忘記。

這一切，只是因為得到力量就出現翻天覆地的轉變，華根本不想看。

而且……華也思量了葉月的事情。

承受眾人期待的葉月那可謂殺人等級的行程，以及來自周遭的沉重壓力。

掛著資優生面具的葉月，為了當個好孩子，順從所有要求；但對雙親及周遭的人充滿質疑的華，並不打算順從。

想得到認同的時期，對她來說已是遙遠的過往。

所以維持原狀就好。

華要繼續當著葉月的殘渣，活下去。

絕對不願任父母擺布。父母先前的教養方式已扭轉了華的性格，她發誓要隱瞞自己的力量。

「我不需要他人毫無意義的期待，那種東西不過是垃圾。我的目標，不是成為葉月那樣的資優生，而是要自由活著。我要死守能活出自己的生活，絕對不受任何人的意圖左右！」

因此，隱藏這份力量絕對是最佳選擇。

事到如今才翻臉糾纏討好，並非華所期望的事。

華絲毫不信任雙親及周遭人，這是她認為最好的選擇。

「在將來能夠離開這個家之前，就乖巧老實點吧。」

雖然對紗江這些關心華的人很不好意思，但為了寧靜的生活，華說服自己這絕對是必要的。

等到將來的某一天，從這個家解脫那天為止。

第二章

距離華的力量覺醒，已經好幾年了。

時光飛逝，升上高三的華，已經滿十八歲了。

華徹底隱瞞住覺醒後的力量，連雙胞胎葉月也沒發現。

嗯，話說回來，也很少有機會和葉月碰面，說理所當然也是理所當然。

但是，連只要有空就會來看她狀況的紗江等傭人們也沒發現，華確實隱瞞得相當巧妙。

在一瀨家工作的傭人，或多或少都具有術者的能力。

有術者能力但無法運用在實戰上的人，大多會為了輔佐術者家族，而在術者的家裡工作。

柱石相關事項屬於不能外傳的重大機密，為了保護祕密，不能雇用普通人也是理由之一。

所以，即使是傭人也對力量很敏感。

但就連這些傭人，現在也仍然以為華是劣等生。

偶爾與父母碰面，聽見他們嘲諷華之時，紗江會露出交雜憤怒的悲傷表情，這令華感到愧疚，但她無法說出實情。

因為事情可能會不知從何處流傳出去。

但不管真相如何，華都不會在意雙親說的話。

托紗江的福，華很早以前已經看開了。

所以說，雙親每次見面的帶刺話語，對華來說只是耳邊風。

但華會裝出值得讚許的態度聽話，父母說完想說的話，也會立刻心滿意足。

華感覺自己這幾年的演技越來越精湛了。

甚至半開玩笑地和梓羽說著：「將來去當女演員好了。」這是她和梓羽間的祕密。

華就讀的高中，是培育術者的黑曜學校。

其實去念普通高中也無所謂，但一瀨家的人全都得進這間黑曜學校就讀，幾乎可說強制性的。

就算眾人認為華是劣等生，但她既然有創造出式神的能力，便不被允許有其他選擇。

黑曜學校依學生的術者能力強弱分班。

能力優秀者就讀Ａ班，普通者就讀Ｂ班，術者能力弱小的人就讀Ｃ班。

假扮劣等生的華，當然從一年級起就是C班。

入學典禮上，在沮喪自己被分發到C班的學生中，只有華一人在心中擺出勝利姿勢。

如果沒有外人，華應該會大聲吶喊「勝利！」吧。

雙親看完華的分班後，立刻轉身離去。

大概表示他們只有失望，連小指尖大小的期待也沒有。

不對，他們起碼還來確認，或許仍有些許期待。

只是因為一直是與葉月相比，才覺得華弱小，他們或許也期待社會的評價有所不同。

當明確得知與葉月之外的人相比，華仍是劣等生之後，雙親僅存的興趣也消失無蹤。

這對華來說可是熱烈歡迎之事，她拚命隱瞞能力參加考試，就是為了不想引起父母的興趣，發展全如她的計算。

事到如今，突然翻臉討好，也只是讓她感到噁心。

身為父母，即使無法同等對待她和葉月，只要從一開始就能好好關心華，華也會願意立刻告知自己的力量已覺醒，並且為家族盡心力。

華現在對父母的感情，甚至比外人還淡薄。

雙親現在仍未發現，自己因為傲慢而放走了大魚。

華衷心希望他們往後也不會發現。

就這樣，華拚命躲在底層，度過高中生活，大多過得十分愜意。

優秀者就讀的A班，一年級起就有實戰課程。

那是要實際前往現場，封印或消滅想攻擊柱石的妖魔。

一開始當然只是在旁輔佐現職術者，但升上二、三年級之後，就會轉變成正式參戰。

升上三年級後，連B班學生也會被帶往現場。

另一方面，華就讀的C班，沒有人擁有能上場實戰的力量，可以悠哉待在安全的學校裡上課。

無須前往危險場所，即使去了，也是待在後方支援。

雖說如此，後方支援也是很重要的工作。

有能戰鬥者上場戰鬥，無能戰鬥者在後方輔佐或收拾善後。

後方的工作決不是能輕忽之事，但既然校內有分級制度，受到A班及B班同學的輕蔑也是在所難免。

而對有優秀姊姊的華來說，更加明顯。

每當華走在校園中，絕對會聽見嘲弄與閒言閒語。

雖然早已習慣，但也令人感到厭煩無比。

只要沒了這問題，就是開心的校園生活了啊，太遺憾了。

算了，明明清楚與葉月相比後會遭受輕蔑，華仍選擇隱瞞力量，所以也無從抱怨起。

「啊，是華華的姊姊耶。」

華的朋友三井鈴如此驚呼。

淺棕色鮑伯頭的鈴，有著放鬆柔和氛圍的溫柔女孩。

她不會把華當作葉月的妹妹，而是把華當個體看待的珍貴人物。

松鼠式神待在她肩膀上，這也是被分類為弱小的式神，但華覺得這個式神非常適合和小動物一樣可愛的她。

多數的人會以彷彿看著珍禽異獸、充滿好奇的眼神，看著與葉月容貌相仿的華。

接著就會與葉月相比較，不是嘲笑華，就是以看待可憐蟲的眼神看她。

但鈴的態度十分自然。

知道華是葉月的妹妹後，也保持著「那又怎樣？」的態度。

光認識鈴，就讓華覺得來唸這間學校很有價值。

聽鈴一說，華從窗戶往底下看，也看見被許多同學圍繞的葉月。

「華華的姊姊還是這麼受歡迎呢。」

鈴欽佩地輕語。

葉月面露開朗、吸引他人喜愛的笑容，看在早已發現那是偽裝的華眼中，情緒非常複雜。

「真的是呢……」

華至今自然地勸過葉月好多次：

「真的可以就這樣任憑父母擺布嗎？」

但每次都遭到葉月抗拒，葉月選擇當個好孩子。

現在也飾演符合周遭期待的資優生。

不管做出怎樣的選擇，華都無法成為葉月那般，滿足周遭期望的資優生。

所以每次看見葉月討人喜愛的態度，她都會想：

「今天也真是辛苦妳了。」

華輕聲地說。

雖然勸說葉月，但也多虧有葉月，父母的關注才會全放在葉月身上。

對極力想隱瞞能力的華而言，著實幫了她大忙。

「對了，華華，前陣子發的發展意向調查，妳寫了什麼啊？」

鈴開口問道，彷彿已將葉月拋到腦後。

「那妳寫什麼呢？」

「耶嘿嘿，我啊，我寫想要成為後衛術者。」

出生於術者家族的人從黑曜學校畢業後，半數以上會登錄於守護柱石的五大家族創立的術者協會中，以術者身分活下去。

雖說以術者身分工作，協會也和黑曜學校相同依能力分等，負責的工作也依等級不同。

分發到上位等級者，主要工作為和妖魔對戰。工作危險，薪資相對比較好。

鈴想從事的後衛工作，工作內容以支援、輔助、善後處理為主，相較安全。和華同為C班的鈴，很清楚自己無法置身戰場，所以才會做此選擇。

姓氏中有「三」的鈴是五大家族之一，三光樓的旁系分家，也是擁有式神的正統術者，她應該有辦法如願以償。

與最醒目、以戰鬥為主的術者相比，後衛術者人手不足的問題十分嚴重，會更加歡迎鈴加入。

「華華打算怎麼辦？」

「我希望可以進入一之宮集團的相關公司工作，過著與術者無關的生活。」

以一之宮為首的五大家族，在檯面下守護日本的同時，在檯面上的社會中也發揮出超凡的影響力。

以前被稱為五大財閥，在「財閥」這名詞消失的現在，仍掌握著日本經濟命脈。

不僅如此，五大財閥的意志，也強烈反映在政治層面上。

當然，身處底端的華也不清楚真實性。

生於五大家族之一，一之宮旁系分家的華，第一志願就是進入一之宮檯面上經營的集團企業工作。

她完全不想以術者身分活下去。

即使生於術者家族，也不是所有人都會選擇術者職業。

有人如紗江那樣，雖然不是選擇術者職業，仍選擇與術者相關的工作，也有許多人選擇以普通人身分活下去。

那些是欠缺術者能力的人，或從第一線退休的人等等，大家都有各自的理由，不僅一之宮，其他家族也都接受這些人進入自家集團工作。

華是一之宮分家的人，打算應徵一之宮旗下的企業。

只要沒有意外，幾乎確定一畢業就有工作。

接著在就業的同時，離家。

或許會遭到反對。

或許父母會氣憤地說：「生於術者家族卻不當術者，是天大的恥辱，我絕不允許！」

但正如雙親對華毫無期待，華對雙親也早已沒有任何期待。

自己的事情，自己決定。

即使會因此被斷絕關係，華也沒有絲毫躊躇。

但是，葉月肯定會選擇術者的道路吧？

她的成績在菁英匯集的A班，也是鶴立雞群。

就算葉月自己不選，協會肯定也會主動找上葉月。

而華很確定葉月絕對會接受。她不會有任何疑問或不解，一定會走上雙親及周遭人希望她前進的道路。

身為雙胞胎之一，華很想問葉月：「這樣真的好嗎？」但就算問了，葉月也不會想聽華說話。

已經無法回到以前關係良好的那時候了。

對這件事情，華仍感到些許落寞。

她無比懷念昔日互相大吐苦水的那個時期。

❀❀❀

放學後，當華在圖書室裡挑選書籍時，聽到一個聲音。

「那不就是葉月同學的殘渣嗎？」

「她是來這裡幹嘛啊？」

「就算念書也沒意義啊，吊車尾不管多努力都沒用。」

竊竊私語的嘲笑聲傳進華耳中。

華貫徹不理會嘲諷的態度繼續選書，但感覺到倏然出現的殺氣，閃現「啊，糟糕了！」的念頭，她慌慌張張移動到沒人的地方去。

確認身邊空無一人後，一男一女乍然現身。

看見男女突然現身，華沒有驚訝，只是出現傷腦筋的表情。

二十歲上下的男女看起來相當不悅。

「葵、雅，我之前也說過，要你們不可以在學校現身對吧？又不是第一次聽到那種挖苦人的話，你們別動不動就起反應啊！」

「非常抱歉。」

沮喪地立刻道歉的，是名為「雅」的美麗女性。雅綰起長髮，身穿宛如天女的服裝，更替她幾乎可說神聖的夢幻、美麗氛圍增色不少。

站在她身邊的男性名為「葵」。

身材高大，體格魁梧，背上背著幾乎與身高無異的大劍。

他的容貌不輸雅，內在卻有著不服輸的淘氣小男孩個性。

這兩人，是華在力量覺醒之後創造出來的式神。

他們平常將力量壓抑至極限，隱身陪在華身邊，但剛剛聽到有人說華的壞話，瞬間無法壓抑力量，華察覺這股氣息後才會慌慌張張地離開圖書室。

葵大概無法接受華的叮囑，現在仍一臉不開心。

「葵？」

「……我明白主子想說什麼，但聽到有人說主子壞話，我無法充耳不聞。」

他到底為什麼如此頑固呢？

但他們兩人和不在場的梓羽，都總是以華為最優先考量。

他們是華創造出來的式神，或許也可說理所當然，有絕對支持她的夥伴這個事實，帶給華勇氣。

「又不是今天才開始。」

因為有式神們在身邊才能如此豁達，但很難讓他們理解。

「就算是這樣也不喜歡。」

只是順從站在一旁的雅，也頻頻點頭。

接著換成華無奈地嘆氣。

很開心他們以華為最優先，但因此對許多事情無法妥協，也是最大的難處。

「我沒打算讓身邊的人知道你們的存在，如果你們沒有辦法好好壓抑力量，那你們就和梓羽一起看家。」

華說完後，可以看出兩人內心起了猛烈的糾葛。

但是華知道，想隨時待在她身邊的兩人，最終仍舊會妥協。

「唔～～我知道了……」

雖然極度不滿，葵仍點頭答應，華摸摸他的頭安撫。

葵身長高，他知道華的手碰不到他的頭頂，連忙彎下身。

這一點好可愛。

就在華以為事情解決了之時，雅開口問：

「一點點也不可以嗎？我們會小心不讓人發現的啊？」

雅用極度悲傷的表情，垂眉如此懇求。

那容貌美得連同性的華也不禁暈眩，但可不能因此點頭。

兩人光現身已經朝四周施放出不少的力量了。

避免被人發現，華現在張設了結界，但若兩人使用力量，結界可能無法完全阻擋。術者眾多的學校裡有不少感覺敏銳的人，要是被發現了，必定會引起大騷動。

再怎麼說，人型式神可是相當罕見啊。

現在黑曜學校中，只有葉月擁有人型式神。

要是知道華竟然能使役兩個珍貴的人型式神，她只有術者的道路可以選擇了。

只有這點，絕對要避免。

所以，華只能嚴正警告。

「不可以！」

雅感到非常遺憾地手貼臉頰。

「這樣嗎？我認為也不是無法做到耶……」

「我也這樣想。」

「說了不行就是不行！」

「我還想好好教訓瞧不起主子大人的蠢蛋耶，太遺憾了……」

「要是主子願意，我立刻就能去滅了他們……」

兩人邊不停碎碎念抱怨著，邊隱藏身影。

「哎呀哎呀……」

華苦笑著，也對兩人的心意感到開心。

❀❀❀

某天。

華放學後回到別屋的家中，一手拿著米菓，不怎麼專心地看著電視。

聽見電視中傳來駭人聽聞的新聞，華不禁繃起臉。

「說有人大量虐殺狗耶，我記得前幾天也看到了狗被殺的新聞，竟然對那麼可愛的生物下毒手，這世上還真的有這種沒血沒淚的人，最好下地獄去。」

「真的是如此，而且地點離這裡不遠。」

雅替華泡來綠茶，她將茶杯放上桌的同時，也聽見新聞內容，表情跟著稍微嚴肅起來。

「主子，還請您要多注意點。」

這類懷恨而逝的靈魂，常常會轉變為妖魔。

而且事發地點不遠，表示附近可能誕生對人類有這種怨恨的妖魔。

因此出現可能撞見的機會，葵對此感到憂慮。
但對華來說，這擔心也是多餘的。
「你說要我多注意，但你在那之前，就會先替我解決掉吧。」
「當然！」
葵用「有什麼問題嗎？」的表情立刻回答。
「那是無所謂了，但你可別在有人看到的地方做。」
「我知道。」
「真的知道嗎……」
不久前才在放學回家路上遭遇妖魔，華根本還來不及阻止，葵已經秒殺解決妖魔了。
在一之宮守護的柱石所處的這地區，自然會引來以柱石為目標的妖魔，碰到妖魔的機率也很高。
但那基本上是看不見的存在，牠們不會攻擊看不見的普通人，但妖魔吃掉術者之後，可以增加自身能力。
因此，有能力創造出式神的人，才需要進入黑曜學校這類的術者培育學校，學習應對妖魔的方法。
但老實說，力量強大到足以被妖魔盯上的術者並不多。

因為妖魔們都知道，以柱石為目標可以得到更強大的力量。

即使極力隱瞞，但妖魔們似乎能知道華擁有強大力量，華落單時常遇到妖魔糾纏。

多虧如此，華雖然不是A班學生，卻有無謂豐富的實戰經驗。

之所以會創造出葵和雅，也是因為華不想應付這些妖魔。

到目前為止，葵和雅都按照華的期待工作。

甚至讓華開始擔心，不稍微出戰一下可能會讓自己的能力變遲鈍。

但是，對想遠離術者、過普通生活的華來說，這或許是不必要的經驗。

懶散看了一會兒電視，感覺有人來到別屋。

葵和雅下一個瞬間消失身影。

會來這裡的頂多只有紗江及傭人，但不管感情再好，華都沒打算告訴其他人葵和雅的存在，所以命令他們只要有人來就要立刻隱身。

正如華所預測，來別屋的人正是紗江。

看時鐘差不多要到晚餐時間了，所以華才如此認為。

但紗江手上沒有平常會替她端來的料理，讓她感覺很奇怪。

紗江露出有點傷腦筋的表情。

「華小姐，今晚要請您前往主屋用餐。」

「咦？去主屋？」

「是的，先生交代要您一起用晚餐。」

自從華搬到別屋住之後還是第一次這樣，華一瞬間以為自己聽錯了。

「爸爸真的叫我去嗎？」

「是的，先生說有重要的事情要說。」

雖然心想到底是吹什麼風，是發生什麼必須特地把華叫去的事情嗎？

華暗暗擔心著不知發生什麼麻煩事，朝母屋走去，連平常很少回家的哥哥柳都在。他們幾乎不碰面，連華也想不起他們最後一次對話是哪時的事情了。

從黑曜學校畢業後就以術者的身分工作，但華也不清楚詳情，因為他們根本不交談。

哥哥仍然沉默寡言，只是瞥了走進來的華一眼，立刻別過眼去。

她不在乎哥哥的態度，入座後葉月也走進來，與華相同，她也對柳的存在感到驚訝。

就連葉月，華也很久沒和她如此靠近且身處同一個空間中了。

在沒人說話的尷尬氣氛中，雙親接著現身，餐點在他們就座的同時端上桌。

像這樣一家團聚吃飯，已睽違幾年了呢？

但是，沒有一個人樂在其中。

華偷看父親，一邊想著「為什麼不快點說是什麼事啊？」，一邊吃著飯。

在所有人都用完餐後，父親才終於開口。

「柳應該已經知道，一之宮家的家主要換代了。」

連平常對家裡事情漠不關心的華也嚇一大跳。

旁邊的葉月似乎也是現在才聽說，露出和華相同的表情。

「下一代家主是長男一之宮朔先生。過幾天，將在本家舉辦朔先生的繼任發表會，你們也要出席。」

葉月和柳理所當然地點頭應「好」，但華提出異議：

「爸爸口中的『你們』，也包含我在內嗎？」

「沒錯。」

「葉月去參加也就算了，我不認為我有必要參加。」

華迂迴表示著「不需要讓劣等生出席吧」之意。

「不行，本家指示，這一次分家所有適婚年齡的女性全部都要參加。」

「為什麼？」

「朔先生現在尚未有婚配，也沒有交往對象，所以這次發表會也包含選新娘的意義在內。」

華在心中想著「果然是麻煩事啊！」，真是後悔聽話來吃飯。

「嗯，和優秀的葉月不同，妳讓朔先生看上的機率連億萬分之一都不會有，但即使如此也絕對要出席，再怎麼說，你還是一瀨家的女兒。」

只有在有利用價值時，父親才會說華是女兒。

華也看出父親很不甘願，這讓她產生「我也很不願意啊」的反抗心。

小惡魔在華耳邊誘惑她「臨時放鴿子」，但若那樣做只會更麻煩而已，華只好放棄掙扎。

接著，到了家主繼任發表會當天。

華在紗江幫忙下，換上淡粉紅色的振袖。

紗江也替華盤起漂亮的髮型，插上髮飾後就完成了。

自賣自誇地：「我也挺可愛的嘛！」之後，華前往母屋，而身穿鮮豔深紅振袖，用豪華髮飾妝點頭髮的葉月，就在主屋裡。

容貌相似的雙胞胎看見彼此的模樣後，頓時語塞。

和服和髮飾都是雙親交付的物品。

因為要前往本家，華身上的和服也絕對不差。

但在葉月的和服面前，樸素得幾乎失色。

不對，反過來說，是葉月的和服質地過於華麗了。

雙親不是現在才對兩人差別待遇，但還是第一次如此露骨。

「準備好了嗎？」

隨著這句話現身的父親，看見葉月後露出滿足微笑，把華當作空氣般對待。

跟著父親後面現身的母親，也毫不吝嗇地誇獎葉月。

「哎呀，葉月，妳真美。這件和服果然很適合妳！」

「謝謝，但是，那個……和華的衣服差異有點大耶。」

葉月不停偷看華，向雙親確認。

不只華，葉月也感覺兩人明顯相差甚鉅。

葉月露出很困惑的表情。

葉月的個性還沒有扭曲到在此出現優越感，讓華稍微放心了。

但雙親根本不理會葉月的困惑。

「前幾天有說過了，這次發表會也是家主要找新娘。妳是優秀的術者，看在父母眼中也是美麗的孩子，肯定會被朔先生看上，這套衣服就是為此準備的。」

「葉月肯定會被選上，加油，千萬不能輸給其他家的女人們。」

「……是的。」

站在外圍看這一幕的華，心中充滿不快。

對華來說，暗示「妳這個劣等生當然不可能被家主看上」還無所謂，但雙親到現在還想對葉月施加重壓。

棘手的是，他們對此根本沒有自覺。

要是華就會毫不留情地拒絕，但葉月又想要回應父母的期待而點頭。

這是什麼鬧劇？華冷淡地看著三人，但沒人發現。

「爸、媽，時間差不多了。」

身穿深藍色和服的柳來喊人。

「喔喔，這樣啊，那我們走吧。」

「葉月，妳可要好好讓家主喜歡上妳啊。如此一來，妳就能得到一之宮家次於家主的權力了。」

「好。」

看見葉月確實點頭後，雙親滿意地率先邁出腳步。

雙親期待的只有葉月，那應該沒事要找自己了吧，就在華認真想嘗試臨陣脫逃時，突然有東西碰上華的頭髮。

華反射性想轉過頭，「別動！」葉月斥責似的聲音讓華停下動作。

葉月稍微弄了華的頭髮一會兒，接著立刻放開。

「好了嗎？」

「好了。」

慢慢轉過頭去，和表情有點不悅的葉月對上眼。

「妳做了什麼？」

「沒什麼。」

葉月說完後，就先走一步。

華滿頭問號，梓羽翩翩飛到華身邊。

『主子大人的髮飾變多了。』

「什麼？」

小心不弄亂髮型、輕輕碰觸，髮飾的數量確實增加了。

相反的，從葉月的背後看見她頭上的髮飾變少了。

華不清楚葉月是哪來的心血來潮。

大概覺得華的造型太過樸素讓人看不下去，所以把自己的髮飾讓給華。

華心中湧上難以言喻的感情。

葉月是不是其實不討厭自己呢？

華還以為，葉月討厭明明是劣等生，還老是對她囉囉嗦嗦的自己。

以為因為這樣才不想和她說話……

難不成是誤會？

華無法理解葉月的心思，也忘了道謝，就抱著無以名狀的苦惱心情前往本家。

一之宮本家是純和風的豪宅，華是第一次來到這裡。

華家裡有別屋，腹地也算相當寬敞，要說是豪宅也不為過，但本家輕輕鬆鬆超越其上。

開車抵達本家之後，還要從大門往裡頭繼續駛去，才能抵達屋子的前門。

真不愧是舊五大財閥之一的一之宮家，規格與眾不同。

好不容易抵達屋子前，和一瀨家相同的旁系分家與相關人士的車子，也停在屋前。

一行人在屋子前下車，司機立刻將車子開往停車場。

見到本家豪華的程度，華嚇傻了。

「一瀨家的諸位，歡迎光臨，請隨我來。」

在本家傭人帶領下，大家走進屋內。

當華好奇地東張西望時，葉月用手肘輕輕撞她。

「很丟臉耶，妳別這樣東張西望。」

或許是看起來很像鄉巴佬吧，葉月皺起臉來斥責華。

但華並沒有反省，反而整個豁出去了。

「妳不覺得很誇張嗎？我還是第一次看到這種豪宅耶。」

「是這樣沒錯啦……」

「可能也沒機會再來，不多看點可是虧大了耶。」

「確實沒錯……」

就在差點要被華說服時，葉月突然回過神來。

「不對，果然還是不行啦。身為一瀨家的人，我們得擺出堅定的態度才行。」

「那妳擺出裝模作樣的表情不就得了，我會盡情享受。但是啊，爸爸、媽媽也就算了，連哥哥好像也不驚訝耶。」

「這是當然的啊，哥哥身為術師，平常就常出入本家。」

「是這樣嗎？」

「什麼『是這樣嗎』，妳不知道嗎？不知道哥哥平常在哪、做些什麼？」

「完全不知道。」

華沒特別感興趣，所以也不曾特地詢問紗江。

聽到這，葉月露出傻眼的表情。

「妳為什麼不知道，妳可是妹妹耶！」

「因為我完全沒機會和哥哥說話，就連和妳……」

沒錯，像這樣和葉月對話，也睽違好幾年了。

即使如此，可以毫無隔閡、實實在在地對話，果然因為雙胞胎特別的關係才能如此。

葉月也察覺華想說什麼，露出尷尬神情。

為了掩飾尷尬，葉月迅速開口：

「哥哥可是創下術者晉升四色琉璃的最年輕紀錄，也有很多人說他應該快要晉升五色漆黑了。」

術者協會所屬的術者依能力分級。

由低至高分別為一色、二色、三色、四色、五色。

各級的代表顏色為白、金、紅、琉璃、漆黑。

協會發給術者的證明書，也就是墜飾上分別為各自的顏色，從顏色就能判斷術者的等級。

華當然知道柳是術者，但她很少見到柳，從沒看過柳的墜飾，就連他現在的等級也不清楚。

「這樣喔～」

聽到葉月說明，雖然感覺「還真厲害耶」，但也僅此而已。

對華來說，就是如此事不關己。

一年和哥哥只見幾次面，會有這種無關痛癢的反應，也是情有可原。

葉月大概無法原諒華的平淡反應，氣得眼睛上吊：

「妳那什麼反應？哥哥很厲害的耶！」

「我也覺得他很厲害……」

「華總是這樣，擺出和自己毫無關係的態度，一臉漠不關心！」

華確實和家人毫無往來，被說成「漠不關心」也不奇怪。

但並非華想要這樣做，先對華漠不關心的是家人。

所以華只是仿效家人而已，她不認為自己需要承受葉月的責備。

就在華開口想要反駁時，父親的聲音冒出來。

「妳們吵什麼！在本家要維持禮儀端正！」

葉月瞪了華一眼之後，跟在父親身後走去。

華也跟著走，但兩人在那之後不再對話。

跟著傭人走進大宴客廳，許多關係人士早已就座。

隨處可見與華年齡相仿的年輕女性，擺出幹勁十足的樣子坐著。

她們肯定也想要家主之妻的地位吧？

大家的裝扮太過華麗，反而讓樸素的華顯得醒目。

一瀨家一行人，被帶往分家中屬於地位低下者的下座位置，由此可看出一瀨家在分家中的影響力之低落。

聽說幾代之前的地位還在前段班，但近幾代沒有誕生強大術者，因此失去了曾經擁有的發言權。

正因為如此，擁有與本家並駕齊驅能力的葉月，才會集眾人期待於一身。

而雙親則企圖利用葉月，奪回分家內的發言權。

華不在乎一瀨家在分家內的地位。

她認為只要父親捨棄無謂的自尊就好，但身為術者不能算優秀者的父親，對與己不符的權力相當執著。

被捲進他欲望的子女們，只是蒙受不必要的麻煩。

華無論如何都想隱瞞自己能力，也是因為不想被父親拿來當作無聊權力欲望的道具。

在空位逐漸被填滿之後，與華母親同年代的女性走進來。

和華年齡相仿的男孩子跟在她身後，原本嘈雜的宴客廳瞬間鴉雀無聲。

接著，家主終於現身了。

「一之宮家家主，一之宮朔大人駕到。」

聽到這句話的同時，紙拉門往兩側拉開，一位男性步入宴客廳。

周遭的人立刻彎腰鞠躬，華也仿效大家，跟著鞠躬。

「諸位，抬起頭來。」

低沉響亮的聲音傳進耳中。

眾人聽到家主的聲音後抬起頭。

華邊偷看身邊的人邊抬起頭，但位置在分家中也屬於下座的華，根本看不清家主的臉。

但他的聲音比預期的更年輕。

華心想，既然繼承家主之位，應該有一定年齡了，但仔細想想，他要從年輕女性中尋找新娘。

所以年齡不會相差太多。

「我是繼任一之宮家主的一之宮朔，接下來將以結界師身分，繼承守護柱石的任務。

諸位，今後還請多指教。」

「吾等將誠心誠意侍奉家主。」

家主說完後，有人回應了這句話，宴客廳裡的所有人又對家主一鞠躬。

結界師，是僅允許張設結界守護柱石的五大家族家主自稱的身分。

這個名稱沉重，包含重大的責任。

但那是和華無關的遙遠世界，華此時還如此認為。

❀❀❀

雖說是繼任發表，但也沒做什麼特別的事情，只是家主在分家的人面前，宣布自己成為家主而已。

接下來是眾人舉辦餐會。

餐點端到華面前。

默默進食的華，偷偷把視線移往上座。

餐會開始後，不知為何，無關乎分家的地位，所有年輕女性都被移往靠近上座的座位。

看來，同時要找新娘的傳聞並非空穴來風。

多虧位置移到前方，華終於可以清楚看見一之宮朔這位人物了。

黑髮，以及能感受強烈意志的漆黑眼瞳。

鼻樑堅挺、容貌端正，可以感覺旁邊的女孩們都相當興奮。

就算他不做這種集體相親似的事情，應該也能馬上找到對象；看來，不是他的理想太高，就是他本人有什麼問題，華暗自在心裡如此想著。

當其中一人鼓起勇氣上前替家主斟酒後，其他女性也抱著「才不能輸」的氣勢，紛紛上前包圍家主。

「朔先生，請問您喜歡音樂嗎？我的嗜好是彈奏古琴。」

「我很擅長跳舞，務必請您鑑賞。」

女性們的態度相當積極，兇猛得連肉食性動物也會嚇白了臉。

擔心起姊姊的華尋找葉月的身影，發現她的動作似乎慢了一步，在人潮外圍焦急得不知所措。

至此，不管多少女性送秋波都貫徹沉默的家主，終於開口：

「我聽說這之中有人擁有人型式神，是誰？」

在女性們面面相覷、深感困惑之中，葉月在家主面前正坐：

「是、是我。」

看得出來她有點緊張。

「妳是?」

「一瀨家的女兒，名叫葉月。」

葉月大概認為現在是進攻的大好機會。

她對家主露出澈底經過算計，會吸引人喜愛的笑容。

看見這絕對能輕易攻陷普通男人的笑容，家主臉色也毫無變化。

華在心中暗自佩服，但沒有得到預期的反應，葉月顯得有些焦急。

看來家主在意的並非葉月本身，而是式神。他命令葉月:「現在讓我看看。」

「遵、遵命!柊。」

葉月呼喊自己的式神柊，少年式神無聲無息地倏然現身。

他的外貌和葉月創造出他的當時沒有改變。

最初和兩人年齡相仿，現在看起來竟然如此像小孩子啊。睽違已久看見柊，讓華感到些許驚訝。

「這就是我的式神，柊。」

家主瞇起眼睛，從上而下仔細打量柊，接著簡單說一句:

「這樣啊，夠了，退下。」

「咦？是、是的。」

葉月不明白家主有何用意，只能困惑地命令柊隱身。

華在旁看著兩人的互動，想著「還真是個高高在上的男人」，反正和自己無關，她不理會包圍家主的女性們，盡情享用美食。

絲毫沒有發現家主的視線正盯著自己。

❀❀❀

家主繼任發表會後幾天，妖魔變得活躍起來。

家主換代，也就意味著替柱石張設結界的人也跟著更改了。

在上一任家主將張設結界工作轉交給下一任時，不管多麼謹慎，都會讓結界出現破綻。

如此一來，會發生什麼事呢？

想趁結界有破綻時襲擊柱石的妖魔，會變得愈來愈多。

為了因應驅除這些妖魔的人手不足情況，連A班和B班的學生也丟下課業，緊急動員。

就在吊車尾的C班學生還悠哉想著跟自己無關時，也接到了出勤要求。

在被認為妖魔集聚的廢墟腹地內，後方支援的C班學生等待著輪到自己上場。

協會的術者們也待在稍遠處做準備，以應隨時治療傷者。

主要負責後方支援的他們，色級為白色或金色。

也就是術者中等級最低的一色或是二色。

「有夠麻煩……」

看見華毫無幹勁的樣子，鈴可愛地朝她發怒：

「真是的，華華，這是難得可以累積實戰經驗的機會耶，得認真點才行啊。」

「就算是這樣，我們也只是後方支援，不會參戰，而且前前後後也等三小時了耶，可以回家了嗎？」

「不可以！」

鈴緊緊抱住真心想回家的華的手臂。

「我肚子餓了啊……」

這也是當然。

比起白天，妖魔在日落後會變得更加活躍，所以他們在放學後來到這個廢墟，一直被晾在一旁等待。

平常這時間，華早已吃完晚餐，理所當然已經肚子餓了。

華的肚子也很爭氣地在此咕嚕咕嚕叫。

「啊，如果是這樣，我包包裡有零食，妳等我一下。」

鈴放開華的手，往協會術者搭設的臨時指揮所跑過去。

指揮所旁邊有個簡易帳篷，讓學生擺放行李。

華看著鈴朝帳篷跑去的背影，突然身體一顫。

幾乎與此同時，宛如髮飾般停在華頭髮上的梓羽提出警告：

『主子大人！』

華的身體比大腦更快行動。

她朝鈴一直線跑過去，從後面衝撞上去抱住鈴，兩人一起趴倒在地。

「呀！」

鈴大聲尖叫。

接著起身轉過頭，看見是華之後，露出不解的表情。

「咦？咦？華華？幹嘛，怎麼了啦？」

但華根本沒有餘裕可以回答鈴的問題。

因為鈴剛剛所在的地方，地面出現一個大洞。

抬起頭一看，有無數妖魔聚集在那邊。

妖魔的樣貌，有動物外貌的妖魔，也有黏呼呼不成形的妖魔，更有許多生物混雜在一起、跟異形沒兩樣的妖魔。

牠們的共同點，僅有基本上唯有術者能看見，以及從中感受到令人起雞皮疙瘩的不祥感。

有這般恐怖樣貌的妖魔大量現身，一旁的C班學生與術者們也一陣騷動。

但即便只是一色、二色，也是有許多實戰經驗的術者，回神速度很快。

「所有人，進入戰鬥狀態！各自張設結界！快點聯絡進入屋內的戰鬥部隊！」

C班學生陷入不知所措、慌張、混亂的狀態中。

和A班、B班學生不同，C班學生實戰經驗少，會有這種表現也是無可奈何，但現在卻會成為致命傷。

不能拿「經驗太少」當藉口。

雖然立刻有少數戰鬥部隊的術者過來，但妖魔的數量太多了。

四處逃竄的學生也干擾著術者戰鬥。

身處C班，但平時常遭到妖魔攻擊的華很冷靜，在她身邊的鈴則是抓住她的手臂發抖。

「這該怎麼辦……」

華有自信，只要自己出手就能解決狀況。

她平常可不是白白遭受妖魔攻擊的呢！

講白了，現在這些妖魔只是雜碎。

弱小的妖魔，只要葵出手就能秒殺。

但是，要是讓葵現身戰鬥，就等於華將自己的強大力量昭告天下。

只有這點想要避免，很想要避免……

「哇啊啊啊！」

「往這邊來了！」

「等等，大家冷靜點。確實地張設結界、困住妖魔！」

「別逃跑，戰鬥啊！」

「不行，不行啦啊啊！」

看著尖叫哭喊的學生與怒吼的術者，華露出苦澀的表情。

「嗯～～還真是混亂……要是有Ａ班學生在，起碼還能勉強解決吧？」

但別說葉月所在的Ａ班了，連Ｂ班學生也沒有。

就在拖拖拉拉之時，妖魔也來到華兩人跟前。

將來想成為術師的鈴只是「呀啊！」大聲尖叫，什麼也做不到。

華沒有理會這樣的鈴，冷靜看著妖魔，接著……

「展開。」

這句話出口瞬間，伴隨「鏘」的細小高聲，將妖魔封進結界中。

「滅。」

與這句話同時，妖魔發出痛苦呻吟，消失無蹤。

解除結界後不會留下任何痕跡，從頭到尾看到所有過程的鈴嚇得不停眨眼。

「華華好厲害，妳消滅妖魔了耶！」

「並沒有，這點小事是學校教過、初級中的初級課程吧。妖魔也不強，根本不值得驕傲吧。」

「是、是這樣沒錯啦……」

說是初級，什麼也做不到的鈴有點尷尬。

但華所說的也是事實，只要冷靜下來，這些全是連Ｃ班學生也能打倒的妖魔。

但，大量的妖魔讓學生們失去冷靜。

這樣一來，出現死者也不奇怪。

殺，或是被殺。

華剛剛十分抑制，所以應該沒人注意到她的力量。

但要是把這大量的妖魔解決掉，就找不到其他藉口了。

華可以感覺葵和雅正迫不及待等待她下令。

仍然不見支援前來。

「……沒辦法了。」

啊啊，再會了，我的寧靜生活。

就在華內心痛哭流涕，打算呼喊葵和雅的名字之時。

「結！」

聽到這聲音的同時，此處所有的妖魔全被封進結界中。

四處逃竄的學生、拚命作戰的術者，也全都停止動作。

接著，帶著純白少女步行其中的青年，受到所有人關注。

那是華也見過的人物。

「那是一之宮的……」

一之宮朔，前一陣子才在繼任發表會上看過他，當然不可能遺忘。

跟在他身後的應該是他的式神。

一頭白髮綁成雙馬尾，不知為何，身穿荷葉邊女僕裝，頭上還戴著狗耳般的三角耳朵。

雖然一身不正經的打扮，但可以感覺她擁有驚人的力量。

在人群中緩步前進的朔，帶著絕對王者的威嚴，一步一步前進。

學生們一臉不認識朔是誰的表情，但術者們立刻鬆了一口氣。

「滅了。」

他宣告的瞬間，封進結界中的妖魔轉眼間全被消滅。

順帶一提，張設結界、消滅妖魔時的發動咒語，因人而異。

大家各自思考讓自己容易發動力量的用語。

所以，其中也有笨蛋會設定出彷彿中二病發作的咒語。

咒語一旦設定好，往後就很難變更。

因為發動時的想像也會因此固定下來。

因此，有一定數量的蠢蛋會在事後後悔。

華當然沒有犯中二病，她選擇簡單明瞭的尋常咒語。

看見朔一瞬間消滅所有妖魔，華相當佩服。

「哦，真不愧是一之宮家主。」

他的強大力量，讓人理解了他能以如此年輕之姿當上家主的理由。

在一之宮家主登場，輕輕鬆鬆解決掉廢墟裡的妖魔之後，華終於可以步上歸途。

隔天，學校四處熱烈討論前一晚發生的事情。

「昨天那個人，聽說是一之宮家主呢！」

「他超級帥的耶！」

「一轉眼就滅了那麼多妖魔，超崇拜的啦～」

「但為什麼五色的家主大人會來啊？」

「聽說因為調查不足，A班對應時出現了高等妖魔，所以人在附近的家主才會趕來支援。幸好A班的人沒受重傷。」

像這樣，學校正掀起一陣一之宮風潮。

「噯噯，華華認識他嗎？」

鈴似乎也很感興趣，跑來問一之宮分家的華。

但華幾乎沒什麼能說的。

「說認識也算認識，在之前的繼任發表上見過他。但也只有這樣，沒其他能說的。」

「這樣啊，嗯，普通來說都是這樣嘛。我也沒見過三光樓的家主大人啊。」

「三光樓的家主大人是女性對吧？」

「嗯，我只有遠遠看過，她超級帥氣的喔！」

「是喔。」

「說起帥氣，讓我換個話題……」

鈴揚起嘴角，露出怎樣都無法壓抑喜悅的笑容。

「幹嘛？怎麼了？」

「天大消息！我終於也交男朋友了！」

「什麼，真的假的？」

「當然是真的啊～」

鈴看起來發自心底地喜悅，華整個人趴倒在桌上。

「咦？華華為什麼這種反應啊？」

「大受打擊，純潔的鈴竟然遭到男人毒手了……」

「華華妳太誇張了啦，雄雄才不是那種人咧。」

「他叫雄雄啊？」

「對啊，他叫波川雄大，長這樣。」

鈴說完後，拿出手機畫面給華看。

畫面中出現的，是有一頭明亮金髮，耳朵戴著無數耳環，曬得跟衝浪手差不多黝黑，看起來十分輕浮的男人。

不得不說，是和清純軟呼呼的鈴位於光譜兩端的人種。

華無法阻止自己的臉頰不停抽搐。

「鈴、鈴小姐？這個人真的是妳的男朋友？」

「嗯，對啊！」

玲爽朗笑著，華欲言又止地閉上嘴。

不知該說些什麼才好，找不到適合的話語。

玲沒發現華的反應，一臉戀愛中少女的表情，談論著男友。

「雄雄他啊，是我在街上碰到難纏推銷時來拯救我的溫柔男生，而且很帥氣、很有男子氣概，全部都好出色。」

華相當猶豫，此時是否該以朋友身分提醒她注意。

看見鈴喜悅的表情，就讓華遲疑。

但是，果然不能把鈴交給這種男人啊……

不對，不可以單憑外表判斷一個人。

他雖然這副打扮，但或許正如鈴所說，是個很棒的人。

總之先觀察狀況吧，華維持僵硬的微笑，繼續聽鈴晒恩愛。

那天放學後，華正打算要回家時，被導師抓去做雜事。

鈴說她要去約會，拋棄了華，開開心心地迅速離開學校。

「叛徒～」華的這個吶喊，似乎沒有傳進戀愛腦的鈴耳中。

華心不甘情不願地幫老師處理文件，等到她可以回家時，外面天色已暗。

「可惡～為什麼我會在那邊被老師逮到啦！」

『大概是因為主子逃太慢了吧，其他學生七早八早就逃跑了。』

因為沒有現形所以看不見身影，葵仗恃著旁邊沒有其他人，就毫不在意地直接說話。

「昨天已被強制參加殲滅妖魔的行動搞到很晚了耶，我還想著今天可以早點回家的。」

嗯，雖然因為昨天被留到很晚，今天的上學時間也延後了就是。

「肚子好餓喔～」

『回家後立刻吃晚餐吧。』

雅溫柔的聲音撫慰了華煩躁不堪的心情。

華想抄近路回家，便走進空無一人的昏暗公園裡。

正當她經過溜滑梯旁邊時，突然停下腳步。

葵和雅也在同時間現形。

「啊啊，晚餐時間又要往後拖了……今天也太不走運了吧？」

華筋疲力盡地重重嘆一口氣。

抬頭看溜滑梯，妖魔就在那裡。

為什麼時機這麼不湊巧啦？華眼神怨恨地看著妖魔。

「而且不覺得有點強嗎？和昨天的雜碎也差太多了。這麼強大的妖魔出現在離學校這麼近的公園裡，也太不妙了吧？」

在華看來，這妖魔強大得連Ａ班的學生也難以應付。

「的確如此，這肯定也是受到家主換代的影響吧？」

嘴上說著「強大強大」，但華仍一派悠閒地和雅說話。

只有葵一個人表現警戒，拔出背上的劍，朝妖魔擺好架式。

「葵，你一個人沒問題嗎？」

「沒問題。」

「那麼，麻煩你了。」

決定全交給幹勁滿滿的葵。

葵露出大無畏的笑容與妖魔對峙。

「你這個怪物下來，讓本大爺親自對付你。」

但妖魔的視線釘在華身上。

大概感受到華身上的強大力量。

葵移動身體，將華藏在自己身後，遠離妖魔的視線。

「如果你想與吾主對戰，就先打倒我再說。但我想，憑你應該是辦不到的。」

「葵，你別廢話了，快點打倒牠，我肚子餓了。」

「主子～您偶爾也讓我表現一下啊，我昨天完全沒機會大顯身手耶。」

「那不重要，我肚子餓了啦～」

也太過悠哉了吧。

一般來說，這妖魔強大到得由協會的高等級術者來對付，但華根本不放在眼裡，只擔心自己肚子餓了。

華對自己創造出來的葵的力量，就是如此有自信。

「好啦好啦，知道了啦。」

葵握著有他身高長的大劍輕盈一跳，朝溜滑梯上的妖魔一砍。

妖魔千鈞一髮閃開，但葵反手橫向一砍砍中牠。

但大概尚未造成致命傷，妖魔從溜滑梯上跳下來攻擊華。

華表情不變地將妖魔封進結界中。

「展開。」

瞬間被關進結界中的妖魔試圖掙脫結界而暴動，但現在沒有旁人，不需要壓抑自己的力量，華張設的強大結界根本不為所動。

葵舉劍朝這個妖魔揮砍。

華的式神葵不會受到華的結界阻擋，大劍穿過結界砍中妖魔。

確認妖魔完全消失之後，華也撤除結界。

雖然順利打倒妖魔，但葵看起來很不高興。

「怎麼了嗎？」

「我想要打倒牠的。」

「你不是打倒了嗎。」

「那也是因為主子把牠封進結界中了，這不算數。」

「好啦好啦，下次還有機會嘛。」

想要快點回家的華敷衍了事地回他。

接著在轉過頭時，這才發現一旁有人。

方才的始末該不會都被看光了吧？華相當慌張。

「糟糕。」

「主子大人，您沒有在公園張設掩人耳目的結界嗎？」

雅一問，華才發現自己失誤。

「我忘記了！」

平常當葵兩人現形與妖魔對戰時，為了避免被誰看見，華肯定都會在周遭張設結界。

但她這次忘了。

發現「糟糕」也為時已晚。

而且仔細看來人的臉，這位人物竟然是一之宮家主，一之宮朔。

「剛剛那是妳做的？」

「呃、那個……」

「那邊那兩個人，是妳的式神嗎？」

葵和雅也因為妖魔的關係，並沒有壓抑自己的力量。

能力高超如家主這樣的人，一眼就能分辨出是人類還是式神。

被逼入絕境的華採取的行動是……

「不是我啊啊啊！」

彷彿狡兔般當場逃脫。

「主子！」

「主子大人！」

葵和雅也慌慌張張追上去。

華跑了一段距離之後，轉過頭。

看來似乎沒有追上來，華這才鬆了一口氣。

「主子大人，看來是完全被瞧見了，您打算該怎麼辦？」

雅也對這預料之外的事情相當擔憂。

「希望……沒事，那麼暗應該也沒看清楚我的臉，他可能在繼任發表會上見過我，但也不可能記得眾多女性中的一個啦……大概吧。」

沒什麼自信。

但是，只能賭在「希望如此」這個願望上了。

「啊啊啊啊～我犯蠢了啦～」

到目前為止都慎重、慎重再慎重地隱瞞自己的能力耶。

今天果然很不走運。

華沮喪地步上歸途。

❀❀❀

朔以守護柱石的五大家族之一，一之宮家的長男身分出生。

他自小便展現出天賦的優秀術者資質，很早就被當成下一代家主看待。

這也是因為朔的父親雖然出生於一之宮家，卻沒有優秀的術者才華，光守護柱石的結界就已耗盡他全部心力。

因此，家族希望朔能盡早獨當一面，繼承守護柱石的結界工作。

朔持續回應大家的期待，以最年輕之姿得到了五色術者認證的漆黑證明。

稍嫌可惜的，就是他沒有留下最年輕獲得琉璃色的紀錄。

這是因為，他沒能突破分家一瀨家之子所創下的紀錄。

但也因此，他可說以史無前例的迅疾之速升上五色。

在那之後，他累積了幾年的術者工作經驗，接著在此時以結界師身分，繼承了家主以及柱石結界的工作。

與其他家主相比，最年輕的家主在此誕生。

家主交接肅然進行……並沒有如此順利。

沒想到，他的父親竟然拒絕退位。

只要成為家主，就能將一族的權力全握在手上。

雖然父親身為術者的能力薄弱，但他的權力欲望比誰都還要強烈。

但他在朔的母親，也就是妻子面前，完全抬不起頭來。

朔也不太擅長面對強勢的母親，很能理解父親的心情，但此時此刻母親的存在真的幫了他大忙。

被妻子斥責之後，父親心不甘情不願地讓出家主地位，說要去旅行散心，沒親眼見證朔繼承家主，就外出旅行了。

但對朔來說，礙事的人不在反而讓他感到落得清靜。

多虧如此，朔順利地繼承家主之位，開始負責張設守護柱石的結界。

在家主繼任發表會上，多虧母親領頭奔波準備，朔只需要全心專注思考柱石結界的事情。

這真的幫大忙了。只有這點。

但在看見包圍在自己身邊的女性後，朔開始後悔，感覺把所有事情交給母親似乎是錯誤決定。

朔也很清楚。

朔沒有伴侶，當上家主之後就必須盡早決定伴侶。

雖然心裡清楚，但看見眼前這些閃耀銳利眼神的女性們，就讓他感到疲憊不堪。

而且，朔從以前就對女性沒有太大的興趣。

他也並非喜歡男性。

只是，從以前就近距離看著女性們爭奪他伴侶地位的一面，想避而遠之也是情有可原。

看見眼中只有金錢與權力的女性，他根本不想和這些人共度人生。

所以朔決定屏除私情，挑選值得成為伴侶的女性。

適合當家主之妻，且有資格誕育下一代家主，擁有優秀能力的術者。

唯有這點不能妥協。

在繼任發表會上，他找來先前聽到傳聞的分家的女人。

雖然是分家之女，卻是能創造出人型式神的優秀術者。

他命令自稱一瀨葉月的這個女人，讓式神現形。

也確實出現一個擁有強大力量的人型式神。

但式神的力量，遠遠不及朔的及格線。

期待越大，失望也越大。

在這之中，當朔不經意移動視線時，看見圍繞在他身邊的年輕女性中，只有一位女子對自己毫無興趣，只是默默用餐。

他對此感到好奇，看見女子與剛剛的葉月相似的面容，立刻明白她就是傳聞中「雙胞胎裡的劣等生」。

但又是為什麼呢？朔感覺她並沒有傳聞中的弱小。

雖是如此，雙胞胎另外一人的存在，立刻被朔趕往記憶角落。

不久後，妖魔開始變得活躍。

這是家主換代時必然會出現、繼任家主者首先必須通過的考驗。

無可奈何，朔在重新張設柱石結界的同時，也得前往對付妖魔。

那天得到有許多妖魔聚集在廢墟的消息，在朔出馬抵達時，現場已陷入混亂狀態。

朔邊消滅光有數量沒力量的妖魔，看著四處逃竄的學生，不禁擔心起「因為這種程度的妖魔就如此逃竄，他們真的沒問題嗎？」

記得自己在學時期，學生的力量應該更加高強，但之後聽說那些是C班學生，朔也理解了。

既然是C班，就情有可原了。

但他同時也對妖魔大量出沒，連C班學生也不得不找上戰場的狀況產生了危機感。

必須盡早張設出完美無缺的結界才行。

但為了做到這點，力量強大的伴侶便是不可或缺的存在。

接著，朔遇見了。

廢墟戰事的隔天，朔從公園方向感受到昨夜妖魔無可比擬的強大氣息，慌慌張張地前往公園。

但他在那裡，看見輕而易舉消滅妖魔的三人。

朔立刻看出其中兩人是式神。

朔根本沒聽說有哪個人擁有兩個人型式神。

要是有這等人物存在，應該會立刻傳進身為家主的自己耳中。

朔走近想看清楚到底是誰，只見對方身穿黑曜學校的制服。

在驚訝對方年紀比他小之時，也感覺這張臉孔似曾相識，但想不起是誰。

想要詳問時卻讓對方逃跑了。

「主人，要追嗎？」

雙馬尾女僕打扮的少女倏然現身，她是朔的式神椿。

「不必，回家之後再派人去調查，她穿黑曜的制服，應該很快就能找到。」

「主人，總覺得你一臉壞人臉……」

朔無所畏懼地揚起嘴角。

「馬上回家。」

他回到本家，在回自己房間前，被母親逮個正著。

朔大概可以想像母親想說些什麼。

「朔，你找到可以當妻子的女性了嗎？」

這是最近母親每天都會問朔的問題。

怎麼可能昨天還沒找到，今天就能找到啊？

但朔這天的回答不同。

「是的，有個女孩讓我有點在意。」

母親大概預期會得到一如往常的否定回答吧。

睜大眼，她露出意外的表情。

「哎呀，是什麼時候……哪家的哪個女孩啊？」

「不知道。」

「不知道？怎麼一回事？」

「我接下來才要去找出來。」

聽到這句話，母親失望地瞇起眼睛。

「這不就與先前無異嘛，你要知道，想張設出完美無缺的結界，伴侶是不可或缺的存在。如果你一直無法決定，就把一瀨家的葉月列入考慮，擁有人型式神的她應該夠資格。」

「這個嘛，一瀨家啊，嗯……一瀨家？」

一瀨家的女孩，以及雙胞胎另外一人的臉孔，如走跑馬燈一般閃過腦海。接著，朔「呵呵」輕笑。

看見朔突然笑出聲，母親露出疑惑的表情。

「你在笑什麼？」

「沒有，我不是在笑母親，當局者迷，世界還真是比想像的還要小呢。」

朔轉過頭面對母親。

「請您放心，我保證會在近期迎娶新娘。」

「我可以相信你吧？」

母親很懷疑，但朔斬釘截鐵地斷言，母親只能暫且接受他的說詞後離去。

朔立刻展開行動：

「去調查一瀨家雙胞胎的妹妹。」

碰到朔之後很快就過了一週。

❀❀❀

一開始，華還戰戰兢兢地過著每一天。

不知道朔什麼時候會出現在眼前，她上、下學途中不停四處張望，看在外人眼中，她應該相當可疑。

但不顧華的不安，朔完全沒有現身，就在華以為只是杞人憂天、完全忘記此事的那天，改變她命運的暴風雨來襲。

放學路上，一台全黑高級轎車緩緩經過華的身邊。

黑曜學校有不少家境富裕的小孩，這類車子並不罕見。

實際上華的家也很富裕，足以聘請傭人，葉月也有專車接送。

只是因為華對這類事情感到拘束而已。

這輛高級轎車在經過華身邊後戛然停止。

華不在意地繼續往前走，身穿西裝的男性從駕駛座下車，擋住華的去路。

華訝異地抬頭，男性露出和善笑容試圖降低華的警戒，接著開口詢問：

「請問您是一瀨華小姐嗎？」

被素昧平生的男性直呼姓名，不因此感到警戒才奇怪。

華做出隨時都能逃跑的架式。

男性因此慌張起來。

「請、請您等等！我絕對不是可疑之人。」

「是的，我很明白，可疑之人都會說自己不可疑。」

「不是的，我真的不是！」

雖然男性拚命否定，仍無法解除華的警戒。

「我的主人表示務必想和華小姐親談，可以請您上車嗎？」

「不要。」

華明確地拒絕。

就在她準備走過男性身邊時，男性抓住她的手臂。

「呀，放手，變態！有變態！」

「不、不是，這是誤會！拜託您，請您稍微聽我說……」

「警察叔叔！這裡有綁架犯，救命啊～」

華大叫後讓男性驚惶失措，也更用力抓住華的手臂。

華因此叫喊得更大聲，陷入無限迴圈。

就在此時，有人從高級轎車的後座下來。

「真是的，你們在搞什麼……」

這帶著無奈的聲音，感覺似乎在最近聽過。

華也停住口，看向聲音的主人——那是她在世上最不想見到的對象，一之宮朔。

「呃！」

華猛然表情扭曲，朔開口斥責：

「喂，『呃』是什麼意思，妳竟然對本家家主這種態度。」

「哎呀討厭啦，我才沒有那樣咧，哦呵呵呵呵。」

華笑著打哈哈。

朔眼神銳利地直盯著她瞧，但沒繼續追究，讓華鬆了一口氣。

但他沒有因此放過華。

「我有話要說，上車。」

「我有拒絕權嗎？」

「要我把前幾天公園發生的事情昭告天下也可以喔？」

揚起嘴角的那張表情，兇惡得距罪犯只一步之遙。

就算朔把公園那件事昭告天下，反正也不會有人相信，所以……

「咦~你是指哪件事啊？」

看見華裝傻不認，朔瞇起眼睛。

「我會告訴妳的父母，妳對著家主喊『變態』。」

「拜託你千萬別這麼做！」

要是這樣，只會造成無比麻煩的狀況。

「那妳就別廢話快上車，我可沒那麼多閒功夫。」

「又不是我求你來的，跩什麼跩。」

當華嘟囔抱怨時。

「妳說什麼？」

「沒有，什麼也沒說。」

對朔連輕聲細語也不放過的順風耳感到畏懼，華心不甘情不願地坐上車。

司機沒有上車，車上只有華和朔兩人。

不知道朔到底有什麼事情，就在華緊張之時，朔立刻開口：

「我不擅長囉哩囉嗦的，所以直接說，妳嫁給我吧。」

「不要。」

「…………」

華連思考一秒也沒有，這超乎預期的迅速回絕，令朔啞口無言。

華趁機把手搭上車門。

「那麼，就是這樣。如果您只有這件事要說，那就恕我先告辭了！」

「啊，妳這傢伙等一下，我還沒說完……」

朔似乎還有話要說，但華可不會真的乖乖等一下。

她以生平最快的速度下車，朝家的方向邁步奔跑。

『主子……』

隱身的葵散發出有話想說的氣氛。

「我什麼也沒聽到，沒聽到就是沒聽到！」

彷彿要對自己洗腦，華雙手摀住自己的雙耳。

感覺自己聽錯了一句內容離譜的話，那肯定是錯覺。沒錯，肯定如此，拜託要是這樣。

華只能不停祈禱。

❀ ❀ ❀

惡夢般的一天結束後的隔天早晨。

華要葵和雅待在家裡看家。

正如華預期，兩人大表不滿。

「主子大人，這是為什麼？」

「我絕對要跟著主子出門。」

「就說了不行。」

「所以說是為什麼？」

葵大概不能接受，展現無論如何都要跟著華出門的氣勢。

「本家家主昨天來找我了，對吧？」

「和這件事情有什麼關係？」

雅不解地歪過頭。

「你們沒發現嗎？那個人的眼睛準確看著葵和雅隱身所在的地方。」

「！」

他們兩人大概沒發現，嚇得一句話也說不出來。

「我不知道那個人是有什麼打算才來找我……」

「不是說要娶您嗎？」

「嗯嗯，他的確那樣說。」

雅說完後，葵也點點頭。

「那怎麼可能啦！如果是來找葉月也就算了，我才不可能認真對待那種玩笑話。」

華才沒有笨到直接相信「嫁給我」這種莫名其妙的場面話。

肯定有其他理由。

「總之，雖然不知道他為何而來，但直到確定他不會再來為止，我不會帶你們出門。要是被別人發現你們的存在，會大幅擾亂我的人生規劃啊。」

「順帶一提，請問主子的人生規劃是？」

葵開口問道。

「過著與術者無關的生活，到普通公司上班，努力賺錢賺到退休，然後用那筆錢享受老後的獨居生活！」

「哎呀，您不打算結婚嗎？」

華強而有力闡述自己的人生規劃，雅對其中不包含婚姻一事感到疑問。

「要是結婚，就不知道該怎麼說明你們的事情才好了啊。最糟的狀況就是從配偶口中傳進父母耳中，我可能會被帶回家。我只要有你們就不寂寞，所以決定要單身一輩子。」

「事情會如此順利嗎？」

「我會做給你們看，我要有個悠閒自在的老後生活。」

華的意志相當堅決。

她沒打算置身於戰鬥世界中。

她想要活得安全而且自由。

「就是這樣，不好意思，你們就暫時待在家裡吧。」

兩人相當無奈，最後還是點頭答應。

但沒帶任何一個式神出門實在令人擔心，最後決定讓平常留在家裡的梓羽跟著她。

小小的梓羽會乖乖停在華頭髮上，乍看之下只會覺得是髮飾。

華帶著梓羽一如往常地出門上學，放學後準備回家時，朔站在昨天那輛漆黑的高級轎車旁，雙手環胸，岔開雙腳站著等她。

朔移動視線，擺出正在尋找什麼的模樣。

「妳今天沒帶那兩個出門啊。」

華心臟漏跳一拍。

「你、你在說什麼？」

由此可知，朔果然發現兩人的存在了。

面對朔裝傻或許根本沒有意義，但華沒打算自行坦白兩人的存在。

「……算了，無所謂，先說說昨天的事情。」

「啊啊，你是指昨天我聽錯的事嗎？我最近耳朵好像不太靈光，真是對不起。」

「不是妳聽錯，嫁給我。」

「……」

華無言，只能逃跑。

「喂，妳等等！」

和昨天不同，朔今天追上來了。

大概腳長比不過，華就快被朔追上，她只好命令梓羽。

「梓羽，幻惑。」

『是的，主子大人。』

梓羽從頭髮飛離，在周遭翩翩飛舞。

與此同時，周遭籠罩在濃霧之下，遮掩了華的身影。

「什麼！」

雖然能聽到朔驚訝的聲音，但他的氣息隨著華跑遠而逐漸遠離。

華很開心自己能成功脫逃，接著是隔天。

再次遠遠就看見朔的身影。

華立刻轉身，從不同方向回家。

又再隔天。

朔在另外一條路上堵華，開口第一句就是「我娶妳為妻，所以聽我說話」，華回應「No, thank you.」後，靠梓羽的力量脫逃。

接著又再隔一天，朔再次現身，重複相同一句「嫁給我」，華又如狡兔般脫逃。

華逃跑、朔追上來，反覆如此循環好幾天後，就在華感到不耐煩之時，她終於下定決心。

朔盯上華到底有何目的？她想要問出他的真意。

這天，朔也出現在華面前，華並沒有逃脫，而是好好面對他。

「捉迷藏遊戲結束了嗎？」

朔愉悅地揚起嘴角，華在他面前高舉雙手，表示投降。

「繼續被你跟蹤下去讓我覺得很累，我會好好聽你說話。」

「打一開始就這樣做不就好了嗎？」

朔傲慢地如此說完，輕聲一哼。

「上車。」

朔努努下巴一指，華對他傲慢的態度不爽，但平心靜氣下來照他的指示上車。

車子開動，抵達一家高級料亭。

店員領他們走進包廂。

「要吃些什麼嗎？」

「不用，多謝好意。」

「這樣啊，這邊的蕨餅聽說相當好吃，如果妳不想吃，那我就獨……」

「我還是吃一點好了。」

對甜點沒有抵抗力的華，立刻改變想法。

不一會兒，蕨餅與煎茶端上桌，包廂內只剩下兩人。

但華的視線全釘在蕨餅上面。

她拿出手機，對著蕨餅拍了好幾張照片，看著她的舉動，朔完全傻眼。

終於，華總算放下手機。

「滿意了啊？」

「是的，那麼，我要開動了。」

她用融化的表情盡情品味蕨餅。

「……我，……此。欸，喂！」

在華為蕨餅陶醉之時，突然一計手刀朝她頭頂問候。

「很痛！你幹嘛啦！」

「還不是因為妳根本沒聽我說話！」

「所以說我反對暴力！我告你喔！」

「妳試試，就算對一之宮家主提告也穩輸不贏。」

「可惡！」

雖然不甘心，但朔所說的正確無誤。

一之宮家主，擁有就算自己錯誤，也能轉黑為白的強大權力。

「那麼，這位偉大的家主大人，到底是何緣故要纏著我這樣的小女孩不放呢？」

「不必用敬語，妳從剛剛起一會兒有禮、一會兒無禮地交雜說話，普通點說話吧。」

「那我就不客氣了，欸，為什麼啊？」

聽朔這樣一說，華也毫不遲疑地把禮貌丟到一旁。

「妳還真是不客氣……算了，無所謂。我再說一次，嫁給我，我希望妳可以和我締結契約婚姻。」

「契約婚姻？」

搞不懂他的意思。

「……我有太多事情想問，不知道該從哪裡問起才好。」

「我從頭說明，妳這次可要好好聽。」

「好啦好啦。」

現在再怎麼說都不是吃蕨餅的時候了，華放下點心叉。

「妳當然知道我最近繼承了家主之位，應該也明白在家主換代時，結界力量會因而減弱，導致妖魔變得活躍。」

「嗯。」

「我現在傾盡全力要讓結界變得完整無缺，但這無法憑我一己之力辦到。這是只有本家一部分的人才知道的祕密，需要與家主伴侶一同替結界注入力量才有辦法完成。但我尚未娶妻，所以需要盡早得到擁有強大力量的伴侶。因此，我看上妳了。」

「老師，我有問題！」

華說著舉手發問。

「妳問。」

「只要擁有強大的力量，就算不是伴侶應該也可以張設結界吧？」

「想要張設完美無缺的結界，就需要陰與陽，也就是男與女的力量。一般認為兩人的力量要盡可能勢均力敵，不相上下最好。如果我有姊妹，或許還能辦到，但我只有弟弟且他和我的力量相差甚鉅。而在血緣之外可以輔佐結界的例外，只有成為伴侶之人。」

「你媽不行嗎？」

「我母親的力量弱小，和我的力量相差太大，反而只會妨礙新結界形成。」

大致理解他想說些什麼了。

也就是說，為了結界，他需要娶一個力量強大的妻子。

而且還要盡快。

所以才會在繼任發表會上找新娘啊，華終於理解了。

「那麼，又為什麼會變成要娶我為妻啊？」

「我看見妳消滅妖魔的那一幕，也看見妳的式神，妳那個也是式神吧。」

朔的視線移往華頭上，華把指尖靠近頭部，梓羽移到她指尖上。

「正如你所見，這孩子是等級最低的式神喔。」

「別把我和其他人相提並論，雖然她壓抑著，但我知道她體內蘊含強大力量。」

該說「真不愧是一之宮家主」。

看來他也發現梓羽真正的力量了。

「妳似乎也隱藏著相當強大的力量。」

「那是你的錯覺。」

「為什麼隱瞞？有那般強大的力量，也不會讓人閒言閒語說妳是『姊姊的殘渣』了吧。」

華領悟到在他面前無從隱藏。

不管怎樣打太極，他都以「華有強大力量」為前提說話。

華深深吸一口氣後再用力吐出口。

「葉月不行嗎？」

「不行，我見過她的式神，那點程度遠遠不及我所需要的力量。」

「你不覺得我也相同嗎？」

「我不認為，我還沒經驗不足到會誤判對方的力量。妳比妳姊姊擁有更強大的力量，是讓我想娶為伴侶的人才，最重要的是，妳不想討好我的態度非常有趣。」

他還真是有自信到教人感到神清氣爽了呢。

聽說家主是五色漆黑的持有者，他大概擁有無可動搖的絕對自信吧。

對此，華能說的只有一句話。

「請恕我拒絕。」

「理由？」

「我沒打算讓任何人看見我這股力量，等我從學校畢業後，我只想過與術者無關的生活，跟普通人一樣就業，等退休後就去哪個鄉下地方蓋房子，悠閒度過老後生活。在這個人生計畫中，沒有嫁給你的規劃。」

華斬釘截鐵地拒絕。

定睛注視朔的眼神沒有絲毫動搖，可見她堅定的意志。

「我剛剛也說過了，這只是契約婚姻。等到契約期滿，我會支付對等的酬勞。」

「不需要，就算不收下那種東西，我也可以靠自己努力。」

「怎麼努力？」

朔揚起嘴角邪笑。

華突然有種很不好的預感。

「我記得，妳希望在畢業後進入一之宮集團旗下的公司工作吧？」

他為什麼會知道？不對，問這問題太愚蠢了。

對想娶進一之宮家的人，他怎麼可能不澈底調查一番。

「是、是這樣沒錯……」

「我可以事先下手，讓妳不管上哪都找不到工作喔？」

「什麼！你這樣太卑鄙了！」

華面露驚慌神色，忍不住敲打桌子把身體探上前。

「隨妳說，我只要想要，就會不擇手段得到手。」

「這樣我很困擾！」

「……等到契約期滿，我會支付十億元當謝禮。還可以在妳喜歡的地點蓋房子登記在妳名下，如果妳想到一之宮集團工作，我也可以替妳準備妳喜歡的工作，附贈讓妳退休後可以玩耍生活的薪水和退休金。」

「……」

聽起來好像很不錯。原本冒出這種想法的華，立刻回過神搖搖頭。

「不行不行，我不會被你騙了。要是幫你，不就代表我得以術者身分行動嗎？」

「這和現在有哪裡不同？而且話說回來，妳平時早已常遭受妖魔攻擊了吧？那天在公園裡也是如此吧？」

「唔……」

一句反駁也說不出口，因為現況正是如此。

「只是身邊會變得稍微囉嗦點而已。而且只要妳成為家主之妻，就算妳原生家庭說什麼，我也會保護妳。如何？妳不想看看雙親得知他們以為是劣等生的妳，要成為家主伴侶時會有什麼表情嗎？」

如果問華「想不想看」，她會回答超級想看。

朔選擇的是他們漠不關心的華，不是備受寵愛的葉月，而是華。

對雙親來說，大概沒有更甚於此的羞辱了吧。

「而且，妳也別以為妳能隱瞞一輩子。敏銳的可不只我一人，總有一天會被發現。若是到時有一之宮替妳撐腰，妳也能放心吧？」

「這是……」

華煩惱地抱著頭。

她不是沒有朔提到的煩憂。

因為朔發現了自己的力量，確實讓她擔心起可能也會有其他人發現自己的力量。

「……到目前為止，我可是被大家大為譏笑，要是在我力量覺醒之後立刻變了個態度來利用我，我才不願意。」

「是啊，我可以從這些人手中保護妳。」

「我以後想要和式神們在鄉下度過悠閒的老後生活。」

「等到契約期滿後，妳想怎麼做都行，我會替妳準備好錢和房子。」

朔逐一回應華的願望。

沒有比這更好的條件了。

華找不到反駁的話語。

「唔，總覺得好不甘心喔～」

她理解接受朔的提議是最好的選擇，但好像全照朔的劇本走，還是讓她感到不開心。

「妳不需要不甘心，妳接下來將會得到許多東西。」

「但我感覺也會因此失去很多東西……」

「總之，我可以視為契約成立了嗎？」

朔伸出右手。

華稍微遲疑後才握住他的手。

「你可要遵守約定喔？」

「我明白，今後還請多指教，華。」

朔用別無二意的笑容呼喊她的名字，讓華心臟猛烈一跳。

但華沒有表現出這一點，輕輕別開視線。

「我也要請你多多指教……一之宮先生。」

「重來！」

華無法理解朔為什麼擺出相當不悅的表情。

「什麼？」

「我們再來就要結婚了，怎麼還喊一之宮先生，喊我朔。」

「我覺得怎麼喊都無所謂吧……好啦，朔是吧？朔。」

接著不知為何，朔皺起眉頭。

「直呼名諱啊，一般來說不會加個先生嗎？我姑且比妳年長。」

「在意這種小事小心禿頭，又沒關係，這樣比較像是關係對等的契約對象吧？」

「嗯，這麼說也是。」

就這樣，不知是哪來的孽緣，華就這麼成為一之宮家主，朔的契約新娘了。

第三章

兩人談完後離開了料亭，坐在車上。

朔在此拿出兩張紙給華。

「這什麼？」

「與結婚有關的合約。有確實的書面合約，妳也比較放心吧？確認沒問題之後，在最下面簽名。」

「你什麼時候準備好這個的啊？嗯，什麼什麼，關於成功酬勞……」

正如剛剛朔所說的，有十億元現金、土地與房子，還有替她安排工作等等的事項。

「契約時間為『直到不需要我的力量也能維持結界為止』？這樣可以嗎？」

「可以，只要一開始確實張設好完美的結界，接下來靠我一個人的力量也能維持。」

「原來如此，了解，啊，順帶一提你幾歲啊？」

現在才問這問題也太遲了吧，但華先前對本家家主年齡毫無興趣，這也沒辦法啊。

「二十四歲。」

「比我想像的年輕耶。」

「妳是想說我看起來很老嗎？」

朔惡狠狠瞪了華一眼，她急急忙忙修正：

「不是啦，只是覺得既然有辦法繼任家主，年齡應該不小了吧。」

「嗯，因為我是天才。」

朔一臉得意，華露出宛如看蟲子的眼神看他。

「妳那什麼眼神。」

「你自己說出這種話都不覺得害臊嗎？」

「事實如此，比起這個，妳確認完畢了嗎？」

「嗯，好了。」

在寫上相同內容的兩張紙上簽名，把兩張紙交給朔之後，朔也在華的名字旁邊簽名。

「我們彼此各保留一張，接著簽這個。」

朔說著遞給華結婚登記申請書。

「咦！」

看到真的結婚登記申請書，令華一陣慌張。

朔已經在丈夫的欄位上簽名，證人欄上也已有簽名。

「快點寫。」

「呃唔唔，這麼快就要寫？」

「廢話，契約就是如此啊。妳不嫁給我，契約就無法開始生效，妳別現在突然畏縮。」

要華別畏縮也是強人所難啊。

華確實同意了，但看到真正的申請書後，真實體認這是現實，讓她手止不住發抖。

「快點寫。」

「我、我知道了啦，你別催。」

華小心翼翼，慎重寫好之後交給朔。

朔仔細地確認，滿意地揚起嘴角。

「好，今天內會遞交給公所。」

到不久之前，未滿二十的人要結婚需要取得父母的同意，但在法制修改後，十八歲以上視同成人，所以現在十八歲的華不需要取得父母的同意，也能遞交結婚登記申請書。

「接下來只剩下取得妳雙親同意了，嗯，不過是先斬後奏就是了。」

抵達華家門前，只讓華一個人下車。

「下次休假時我會來妳家，妳要乖乖在家等我。」

沒想到都還沒向父母打招呼，就先遞交結婚登記申請書了。

但華完全不認為雙親會反對就是了。

不對，正確來說，雙親是否反對一點也不重要。

雖然年紀尚輕，但朔的地位比雙親更加強大。

華回到別屋的家中，葵和雅出來迎接。

「您今天回來得真晚，我們相當擔心呢。」

「雅，對不起，發生了一點預料之外的事情。」

「是妖魔嗎？」

「不是，這個……」

在華支支吾吾不知該如何說明時，停在她肩膀上的梓羽開口：

『主子大人變成人妻了。』

「什麼？」

雅似乎無法理解，露出呆傻的表情。

「梓羽姊姊，請問這是怎麼一回事？」

葵神色恐怖地逼問。

葵和雅都十分敬重梓羽是華的第一個式神，景仰地喊她姊姊。

『主子大人啊，因為被金錢蒙蔽了雙眼，就嫁人了。』

「喂，梓羽妳……」

葵和雅射出的視線刺痛華。

「主子，您會好好說明對吧？」

「可不能說謊喔。」

「……好啦。」

在兩個式神質問下，華一五一十把今天發生的事情全盤托出。

聽完後，兩人傻眼看著華。

「主子，您絕對被騙了。」

「我也這樣覺得……」

「唔……」

兩人宛如看著可憐孩子的眼神，刺痛華的心。

哎呀，這種聽起來只有好處的事情，確實讓人覺得只有笨蛋會信。

「但是但是，如果是真的，我們老了之後就可以盡情玩耍了耶！」

走到這一步，無論如何都不願意承認自己被騙的華，拚了命辯駁。

「呃，如果主子答允，我們也只有遵從主子的決定……」

「我認為您多少再提高警戒心會比較好，要不然您將來可能會碰到詐騙。」

「雅，可能已經太遲了。因為主子已經在結婚登記申請書上簽名了，對吧？」

葵再次向華確認。

「簽了。」

華嘿嘿陪笑，時至此時才開始感到恐懼，自己果然答應得太快了。

「怎、怎麼辦啊！」

「您問我們也……」

被華求救的葵也十分傷腦筋。

「既然已經結婚了那就沒有退路了，但您起碼也先與我們商量後再決定啊。」

雅也苦惱地垂成八字眉。

「就是說啊……我完全沒有想到。」

也可說被金錢蒙蔽了雙眼。

華抱頭苦惱一會兒後，決定放棄思考。

「算了，船到橋頭自然直啦！」

華「哈哈哈」開朗大笑，但怎麼看只覺得她在勉強自己笑。

「雅，妳認為沒問題嗎？」

「要是有個萬一，我們就暗殺家主後逃跑吧。」

雅帶著輕軟的溫和微笑，卻說出恐怖的話。

而重視華勝過一切的葵也跟著點頭。

接著，到了朔指定的假日。

華完全將音訊全無的朔拋到腦後，邊看動畫邊嚎啕大哭。

「嗚嗚嗚，不管看幾次都會哭，這根本是傑作啊。」

雅看不下去，出聲喊她。

「主子大人，您這樣可以嗎？」

「什麼可不可以？」

「今天可是一之宮家主要上門的日子呢。」

在雅提醒之下，華終於想起來了。

「啊～這麼說來好像是耶。」

「主子大人……」

「妳別那副傻眼表情嘛，因為他那之後根本沒連絡，害我忘得一乾二淨了嘛，真的會來嗎？我還想著他該不會是捉弄我的吧。」

就在華說著這種話時，伴隨著慌亂的腳步聲，有人朝別屋靠近。

雅和葵立刻隱身。

「華小姐！」

來者是紗江。

難以想像平時總是舉止優雅的紗江竟會如此慌張。

「紗江阿姨，怎麼了嗎？」

「現在，一之宮的家主大人！說請華小姐也要同席。」

「真的假的……」

華急忙做好準備前往主屋，走進家主所在的房間後，看見朔。

「哇啊，真的來了。」

看見華嘴角不停抽搐，朔也皺起眉頭。

「來了不好嗎？妳別說妳忘記了……」

「華！妳怎麼可以對家主大人這種態度，太失禮了！」

華邊想著：「打斷這位家主大人說話的你才真的失禮吧！」邊望向在房中的父親。

除此之外，母親和葉月也同席，哥哥一如往常地不在家。

「快點坐下！」

「好。」

用無奈的態度回應後，華打算要在葉月身邊坐下，但遭到朔阻止。

「等等，華，妳在我旁邊坐下。」

「咦？」

出聲驚呼的人是父親。

在朔上門之後，華終於相信前幾天所言不假，一想到雙親聽到那件事不知會露出怎樣的表情，華幾乎快忍不住笑意。

華佯裝平靜，照指示在朔身邊坐下，不知朔為何而來的雙親與葉月，對華拋以「為什麼妳可以坐在那邊」的眼神。

真是太令人愉快了。

「那、那個，家主大人，請問您今天有何要事？」

按捺不住的父親率先開口。

朔露出高傲的笑容，瞥了一眼華之後開口：

「我想要迎娶一瀨家的女兒作為我的妻子。」

「這、這是！」

雙親立刻露出燦爛的表情。

母親還抱住葉月的肩膀，開心說著「妳做得太好了」。

她為什麼會忽視坐在朔身邊的華，而誇獎葉月呢？

華邊在心裡吐嘈「喂喂」，等待朔說出下一句話。

「我想徵求兩位同意，讓我和華結婚。」

「啊？」

看見雙親呆滯的表情，華雙唇抿成一條線，拚命忍住笑意。

雙親聽到「一瀨家的女兒」，就以為是葉月了吧。

明明華也是一瀨家的女兒啊，而且她還坐在朔身邊。

在在表現出雙親打一開始就根本沒把華放在眼裡。

但華一點也不悲傷，她早在很久以前已經跨越這種層級的事情了。

所以，她現在只是覺得雙親愚蠢的表情有趣得不得了。

「請、請等等！您說是華？不是葉月？」

「沒錯。」

「但是，華不只身為術者的能力低落，她甚至只有蝴蝶式神。」

父親完全無法理解。

拚命表達著華有多麼沒用。

「和華不同，葉月不只擁有人型式神，在黑曜學校也是名列前茅。我們認為葉月更適合當家主大人的伴侶！」

「即使如此，我依舊選擇華。而且，雖說是來徵求你們同意，但我們早已提交結婚登記申請書，公所也受理了。也就是說，華已經是一之宮家的人了。」

原來他真的遞交申請書了啊，時至此刻，華才理解朔是認真的。

「什麼，竟然還沒得到父母同意，就擅自做決定！」

父親氣得雙頰脹紅。

他到底有什麼理由生氣呢？

至少可以確定，絕對不是因為擔心華。

看著憤怒的父親，朔也沒有改變態度。

傲氣地對此嗤之以鼻地一笑。

「她不是你們置之不理的女兒嗎？你氣什麼？連我也聽說你們只顧著寵愛姊姊。你們不想要的妹妹由我接收了，你們才該向我道謝吧。」

雙親尷尬地不停游移視線。

看見雙親的反應，華感到驚訝，原來雙親也有自覺啊。

「但、但是……」

「囉嗦，話說回來根本不需要取得你們的同意。華早已成年，結婚不需要徵求父母同意。況且我方才也說了，我們早已提交申請書，華已經是我的人了。」

「這怎麼可以……」

父親沮喪地垂頭喪氣，華冰冷地看著他。

朔選擇的不是百般寵愛的葉月而是華，這大概讓他大受打擊。

無論身為父親還是身為一瀨家之主，父親都選錯邊了。

如果他將華和葉月一視同仁養大，一瀨家或許可以因為家族之女成為家主伴侶而蒙受恩惠。

但華完全沒打算拜託朔做這種事情。

就這樣繼續當個地位低落的分家吧。

這就是華的報復。

「我言盡於此。華。」

「幹嘛？」

「妳現在去收拾行李，今天開始搬到本家住。」

「什麼！現在！」

這傲氣十足的男人是在說什麼啊？華頓時怒火上升。

「突然要我搬家當然不可能啊！」

「先收拾足以生活幾天的行李就好，其他東西過幾天再請業者來搬。」

「不對不對，不能這樣。」

「別廢話，快點去。」

後悔自己竟然與這傲慢男人結婚的心情，不停湧上心頭。

但接著一想到，繼續待在這個家也只是坐如針氈而已，華只好心不甘情不願地回到別屋。

「這決定果然不太好吧，但事到如今也無法翻盤了……而且沒了酬勞也讓我頭痛。」

邊感覺金錢的力量太恐怖，邊想著總之先收拾所需的學校用品和幾天份的行李，華突然感覺後方有他人的氣息。

轉頭一看，只見葉月站在眼前。

「怎麼啦，這應該是妳第一次來別屋吧？」

「為什麼？……為什麼是妳？」

「什麼為什麼？」

即使理解葉月想問什麼還是反問，華心想「我個性還真是惡劣」，不禁輕笑出聲。

這笑聲簡直在葉月的怒氣上火上加油。

「妳在笑什麼，是瞧不起我嗎？現在也還不遲，讓給我吧。華怎麼可能有能力當好家主大人的伴侶！妳得要認清自己啊，妳這麼弱小。」

「……因為我弱小，所以妳更適合？」

「就是如此。」

「欸，妳說認真的嗎？」

華認真的視線射在葉月身上。

華和平常不同，這帶著莫名魄力的模樣嚇到葉月。

「幹、幹嘛，我沒說錯吧？我的力量比起妳更配得上家主，妳根本不可能派上用場。」

「或許是如此……但是，妳真的想要和朔結婚嗎？」

「這是當然，被家主選上可是相當大的榮耀，而且只要我能成為家主伴侶，也是為了一瀨家好。」

「為了一瀨家啊。」

華重重嘆了一口氣。

「幹嘛啦。」

「欸，葉月，妳差不多也別再繼續這麼做了如何？」

「什麼意思……」

葉月根本不懂，華至今勸告她如此多次，但完全沒有打中葉月的心。

「說為了誰之類的，為了家裡、為了爸爸、因為媽媽那樣說，因為身邊的朋友如此期待……妳的行動中總是沒有妳自己的意志。」

「才沒有那回事！」

「再這樣下去，妳不管過多久都無法當妳自己。」

華給她忠告。

一想到這或許是最後一次了，她對即將分道揚鑣的另外一半，衷心提出建言。

「什麼意思？我就是我，這應該是理所當然的吧。」

華不認為葉月能聽懂。

但是，華希望葉月將來有天能發現這句話中的意義。

「欸，葉月，我們以前常常一起聊天對吧？當時妳常說，大家的期待很沉重，雖然開心但很痛苦。妳是從哪時開始不抱怨了呢？」

「……」

葉月沒有回答。

「我能說的只有這些，葉月，再見了。」

我最重要的另外一半。

華最後朝往昔的葉月微微一笑後，離開別屋。

朝主屋走去，看見朔在那邊等她。

「妳太慢了。」

「如果你事前先跟我說，我就會先準備好了。」

華拐了個彎表達「全都是突然說這種話的你的錯」。

雖然不知朔是否察覺其中意思，但他沒有繼續抱怨，說了一句「走吧」後，率先往外走。

「那麼，多謝你們照顧了。」

華最後留下燦爛笑容後，離開一瀨家。

❀❀❀

在開往本家的車子中，華突然大叫。

「哇啊啊～」

「怎麼了？妳很吵。」

「你以為是誰的錯啊，都是因為你突然說要到本家住，害我來不及向紗江阿姨道別了啦！」

「如果是這樣，改天再去見他們不就得了。」

就連其他傭人，那般照顧華的大家，她卻沒機會打聲招呼就離家了。

最照顧華的紗江，來別屋通知華之後外出購物，不在家。

「你要用那種方法離開的我若無其事地回家？只會有雙親炸裂的嘲諷和嫉妒話語等著我好嗎？」

感覺他們會高聲大笑「妳這麼快就被朔拋棄了啊」，不是開玩笑的。

「那麼，寫信就好了。」

「只能這麼做了吧。」

「比起這種事……」

華狠狠瞪了朔一眼。

「『這種事』是什麼意思，話說回來，全都是你這麼著急的錯！」

感覺紗江遭到輕忽對待，讓華很不高興。

雖然朔無從得知紗江他們的事情，這只能說遷怒。

可是朔也並非完全沒有責任，所以也絕非不講理的怒氣。

「我知道了，我知道了，都是我不好，這樣可以了嗎？我想說很重要的事。」

「完全不可以，但我總之先聽你說吧。」

即使遭朔像應付鬧彆扭孩子的對待很不是滋味，華也沒孩子氣地繼續鬧脾氣下去。

「接下來要請妳在本家生活，抵達本家之後，希望妳最先能與我的母親見面。」

「這是理所當然的，但只見母親嗎？父親呢？」

一問完，朔立刻苦了一張臉。

「那個混帳老爸不需要理他，反正只是其中一位前任家主而已。」

「你們感情不好？」

「不好，是我不想扯上關係的人。最好今後一輩子不要有關係。」

「哦，這樣啊。」

明明是自己開口問的，華的反應顯示出她沒太大興趣。

朔直盯著這樣的華瞧。

「幹嘛？」

「沒有，只是覺得妳怎麼沒說什麼『和父母好好相處比較好吧』，或者『對前任家主這種態度也太過分了吧』之類的話。」

「就算我這樣說，也沒什麼說服力啊。」

華和雙親感情不睦……更正確來說父母視她為無物的這件事，朔也很清楚。

雖然會出現「為什麼會知道」的疑問，但他是一之宮家主，要調查分家的事情也是易如反掌。

「確實如此。」

也不知道朔在愉悅什麼，他呵呵地笑。

華完全搞不清楚朔的笑點在哪裡。

「等妳和母親見完面之後，一週之後舉辦婚禮。」

這讓華嚇了一大跳。

「一週後！」

「沒錯，可以盡快最好，得快點告知所有分家妳的存在，然後要專注強化結界。」

華這才想起是為了結界結婚，也因此能理解了。

但在此有個疑問。

「我有問題，如果是為了結界結婚，應該不需要告訴大家，也不必舉辦婚禮吧？等到結界完整之後就要離婚，只要什麼也不說，我們彼此也不會有多餘的煩心事，這樣比較好吧？」

「不能那樣，為了結界，不是只要提交結婚登記申請書就好。那頂多只是法律上的手續。我們得在分家面前發誓成為彼此伴侶，妳才能被認可為我的伴侶，也才終於能夠干涉結界。所以，無論如何都得舉辦婚禮。」

「是這樣喔？」

這習俗怎麼如此麻煩。

要是能隱瞞結婚一事，就能毫無後顧之憂地順利離婚了，但事情沒有她想像得美好。要是眾所皆知華與家主結婚，身邊的人應該會很囉唆，光想像都讓她感到全身無力。

「只不過，妳要有所覺悟。」

華不解歪頭。

「母親和家裡的人都認為妳是劣等生，母親從很早之前便強力推薦我選擇妳姊姊作為伴侶。可能會比一瀨家讓妳更加不自在，我會盡可能協助妳，但應該也有我無法顧及之處。」

「那應該是無可奈何的吧，完全無所謂，沒問題的。」

和嚴肅談論的朔不同，華一點也不在意。

「妳也太不在乎了吧？」

「我從小被人和葉月比較到這個年紀，這經驗可不是白受的。嘲諷和閒話對我來說是家常便飯，而且，你說你會保護我，所以我也沒必要隱瞞力量了對吧？那麼，有人欺負我，我就會加倍報復。」

華咧嘴一笑，看來這點程度的事情不會造成絲毫阻礙。理解這點後，朔也露出沉穩的表情。

「還真可靠呢。」

「所以說，你只要專注思考結界就好了，然後記得給我酬勞。」

「結果還是說到這件事上面啊。」

朔無奈一笑，但這正是華的目的。

「當然，你可得好好遵守約定喔。」

「我知道，我還會加上造成妳困擾的賠罪，多給妳一點。」

「太棒了，真不愧是一之宮的家主，喲！好慷慨喔！」

正當華開心地笑開懷時，朔的手出奇不意地放上她的後腦勺。

華嚇了一跳，正感到困惑時，朔的臉朝她越靠越近。

啊，睫毛好長喔。在華想這種事情時，朔形狀漂亮的薄唇逐漸縮短距離，碰觸華的唇。

才感覺碰觸到柔軟的觸感，就立即分開。

這僅一瞬發生的事情，讓華睜大雙眼。

「你你你、你幹嘛！」

「幹嘛，吻妳啊。」

「為什麼吻我？有必要這樣做嗎！」

剛剛到底是哪來那種氣氛啊。

「我們都是夫妻了，起碼也會親吻吧？」

絲毫不認為有什麼問題的朔一臉滿不在乎。

彷彿表示大驚小怪的華才有問題。

但是，華絕對沒錯。

「那是真夫妻吧？我們只是契約婚姻！」

「但我們已經提交申請書了，的確是真正的夫妻沒錯吧？」

「是、是這樣說沒錯，但合約上沒寫這個！」

「但也沒寫不做，既然如此就沒問題。」

「唔……」

被他這樣一說，華也無法反駁。

「那現在追加進合約裡。」

「不要。」

「為什麼啦！」

華揪住朔的前襟，前後搖晃他。

「哇啊，妳這傢伙住手！」

「還不都是因為你不肯重新考慮合約！」

「所以我就說了我不要。」

「不、不好意思……」

第三者打擾的聲音，讓華不禁轉頭施以凶狠的目光。

對方似乎是司機，被瞪的司機十分不好意思地打開門，在旁靜候兩人下車。

「啊，對不起。」

「不會，我才要道歉，好像打擾了您們兩位……」

「咦？啊！」

發現朔和自己的距離近得超乎預期，華把他撞飛後笑著打哈哈。

「妳這傢伙，對待身為家主的我也太隨便了吧。」

朔不悅地瞪著華，但華才不管。

「是你不好，竟、竟然做那種……」

邊說邊回想起那一幕，華紅了一張臉。

這清純的反應讓朔不懷好意地揚起嘴角。

「原來如此，妳是第一次啊。」

熱度一口氣全往臉上衝。

「往後真令人期待呢。」

「朔！」

為了遮羞，華只能怒罵朔，而朔朝她伸出手。

「來吧，已經抵達本家了。」

朔突然露出溫柔的笑容，讓華的心臟猛烈一跳。

接著，彷彿受到磁鐵吸引般，把自己的手搭上朔的手。

朔用力一拉帶著華下車，只來過一次的本家建築，瞬間覆蓋華的視野。

一想到接下來要在這裡生活，期待與不安交雜心頭。

據朔所說，住在這裡的人大概不會歡迎華。

但華一開始就很清楚這種事情，即使如此，她仍自願接受朔的提議。

為了得到更加舒適的老後生活，華再次對自己加油打氣。

「好，不管什麼牛鬼蛇神都放馬過來吧！」

「非常遺憾，我的母親是位連鬼都想逃跑的人。」

「……請你別在人家替自己打氣時潑冷水。」

華瞪了朔一眼。

「抱歉，我想起碼得提醒妳一下才好。」

這是為了華著想，所以華也沒繼續抱怨，但會讓傲氣十足的朔說成這樣，他的母親到底……

「聽你一說，讓我想要逃回家了。」

「已經太遲了，妳放棄吧。」

朔拉著不情願的華，拖拖拉拉地走進家中。

「歡迎您回來，少爺。」

走進屋裡，一位看起來非常和善的白髮老婆婆迎接兩人。

「少爺……噗。」

華拚命忍笑，身體不停顫抖。

看見總是態度高高在上的朔被稱為「少爺」，似乎戳中她的笑穴。

朔染紅雙頰，因為害臊，發抖著怒吼老婆婆。

「十和！別喊我少爺！」

名為十和的老婆婆即使遭朔怒吼也不在意，柔和地「呵呵呵」笑了。

「那還真是失禮了，家主大人。那麼，這位就是您口中的夫人嗎？」

「對，沒錯……妳也差不多別再笑了。」

頭頂遭受輕輕的手刀攻擊，華終於收起笑意了。

「我叫做華，今後還請多多關照。」

華姑且也是一之宮分家的女兒，學過最起碼該懂的禮數，她姿態優美地向十和行禮問候。

「您太有禮了，我是這個家的傭人，名叫十和。若有什麼需要還請隨時吩咐我。」

「接下來要請妳多照顧了。」

在彼此互相問候之後，朔開口：

「打招呼就到此為止，母親呢？」

「夫人已經迫不及待看見少爺帶妻子回來了。」

「十和……」

「呵呵呵，我真是的，家主大人。」

今後肯定也會常常看見這個對話吧。

與此同時，可知十和完全不打算改掉喊朔「少爺」的習慣。

在十和帶領下，他們來到某個房間前。

「家主夫人，少爺回來了。」

『進來。』

讓人感到些許冷漠的凜然聲音。

十和拉開紙拉門，領兩人入內。

「歡迎來到一之宮家。」

連一根髮絲也不放過、整齊盤起的頭髮，眼角上揚的眼睛，讓人感受她強勢的眼神。

她的容貌端正，與朔有幾分相仿，非常適合穿著和服。

她看著華的眼神中沒有絲毫溫柔，相當嚴厲地定睛注視著華。

華的腳彷彿被釘在地上動彈不得，朔輕輕推她的肩膀後，才讓她解開僵直。

「初次見面，我是華。」

華緊張得連聲音也變得生硬。

要是能說出更得體一點的話就好了，但華滿腦子擔心著拚命扯出的笑容是不是太僵硬了。

即使華對著她笑，朔的母親也沒有轉變表情。

「妳不是一瀨家的姊姊，對吧？」

「對，我是妹妹。」

華一回答，朔的母親凶狠地瞪了朔一眼。

「朔，你知道周遭的人都喊她什麼嗎？」

「姊姊剩下的殘渣，似乎也有人說她是廢渣是吧？」

朔蠻不在乎地回答。

對理解華能力的朔來說，這種綽號毫無意義。

但他母親並非如此。

「你分明知道，為什麼還選她？我絕對不同意接納她進一之宮家，這種無能的人配不上一之宮。」

簡直可謂激昂。

驚人的魄力嚇得華縮起身體。

華終於知道朔說他母親讓鬼都想逃離的意思了，這好恐怖，泰然以對的朔看起來好可靠。

「與您無關，我並沒有徵求母親的許可。」

以對母親說的話而論，這句話相當冷酷無情。

理所當然，這句話惹怒朔的母親。

「你說什麼！」

「這是一之宮家主我所做的決定，即使您是母親，也不容您置喙。」

「朔！」

朔的母親怒吼，但朔不可能改變意見。

「言盡於此，預計在一週後舉辦婚禮。」

「我絕不同意。」

「那麼，您缺席婚禮也沒有關係，我不會勉強您。您雖然是家主的母親，但今後這個家的女主人會是華。」

朔到最後都沒改變他毅然的態度。

「那麼，恕我失禮了。」

朔牽著華的手起身，迅速離開房間。

直到華一鞠躬後離去前，朔的母親仍維持嚴厲的眼神。

「……欸，你那樣說真的沒關係嗎？」

「這也沒辦法，正如妳所見，母親相當頑固。她一旦認定妳無能就不可能同意我們結婚。但我們也無法悠閒等待母親應允，如果不趕緊讓結界變得完整，妖魔就會越來越活躍，妳也發現了吧？」

華點點頭。

前陣子連華所在的C班也被找去支援消滅妖魔，她當然也切身感受。

「只要我展現實力就能解決問題？」

華至今一直隱瞞著自己的力量，雖然有期限，但她也想盡可能避免婆媳問題。

如果華展現實力後能讓人際關係變得圓滑，她也覺得沒關係。

反正後續出現的麻煩事，全丟給朔去解決就好了。

但非常理解母親的朔沒有明確肯定這個意見。

「是這樣沒錯，但母親不僅頑固，還不知變通，她一度判斷妳無能，所以也無法立刻認同妳。」

「這還真是傷腦筋耶。」

「算了，她總有一天會理解妳並非沒有能力，到那天前就先忍忍吧。」

「嗯，我就把這當成酬勞的代價之一吧。」

華努力讓自己開朗回應，朔粗暴地胡亂搓揉華的頭。

「喂！」

華原本想要怒吼「你突然在幹嘛啦」，但朔臉上的微笑太過溫柔，讓她頓時沒了脾氣。

「妳好樂觀，還真令人羨慕。」

「……你好高傲，當自己是哪來的大人啊。」

「家主大人，更加敬重我吧。」

「無法。」

兩人說著這樣不正經的對話度過時間。

與朔的母親見面後，華被帶往一間房間，這是為了讓她在此生活而準備的專屬空間。

房內早已事先備好讓生活不會有任何不便的生活用品，這全部都是朔準備的。

「有缺什麼嗎？」

「什麼也不缺，甚至可說太多了。」

連華平常愛用品牌的化妝品也有。

備齊到這種程度，反而教人害怕了。

「……妳那什麼表情。」

華露出彷彿看著跟蹤狂的眼神，朔苦了一張臉。

「不是啦，我一想到不知道你調查到什麼程度，突然覺得有點噁……」

「妳用字選詞也謹慎點，就算是我也會受傷耶。」

「對不起，不小心洩露心聲了。」

「根本不算圓場。」

就在兩人閒聊時，門扉伴隨著巨大聲響被打開。

「主人，你丟下椿是上哪去了啦～」

雙馬尾的毛茸茸獸耳女僕衝進房裡。

女僕緊緊抱住朔。

華見到這一幕不禁臉頰抽搐。

「主、主人……你讓獸耳女僕叫你主人嗎？原來你有那種癖好啊，人不可貌相……」

「不是！絕對不是妳想像的那樣！」

式神的容貌在創造出來之前沒人能預測，華在創造葵和雅時也曾想過性別該怎麼辦，但沒辦法隨心所欲創造。

所以說，出現獸耳女孩子是無可奈何的事情，但讓她穿上荷葉邊女僕裝就……

「你這張臉竟然喜歡女僕……」

看見華和自己保持微妙的距離，朔慌慌張張否認。

「這傢伙是我的式神椿，女僕裝是她的興趣！」

朔強硬將椿從自己身上拉開，並保持距離。

「椿，向華打招呼。」

「我是主人的情婦，椿～」

「果然沒錯。」

「『果然沒錯』是什麼意思！椿也別說那種會讓人誤會的話！」

朔瞪大眼睛，毫不留情往椿頭上拍下去。

「好痛，主人是壞人。」

椿用著語尾會加上愛心符號的音色說話，與可愛的外表相反，從她身上散發出來的力量一點也不可愛。

華瞇起眼睛打量椿，手抵著下顎。

「和葵差不多啊……」

在強化戰鬥能力所創造出來的葵身上，華注入了比梓羽和雅更多的力量。可以從椿身上感受到與葵同等的力量。

「葵？」

耳朵敏銳、沒放過華輕聲細語的椿不禁歪頭。

「嗯，我的式神。」

「什麼？我想看我想看，在哪？」

就算椿問在哪，華也傷腦筋。

華至今不曾對任何人提起葵和雅的存在。

朔在公園那件事發生時應該見過一次，但當時僅僅一瞬。

華也沒好好讓他見過自己的式神。

「這個嘛……」

華不知所措，傷腦筋地仰頭看朔。

「把他們叫出來吧，我也沒好好見過面，想確認一下，也必須讓他們和椿見個面。因為今後要一起生活，這也是必要的。」

稍微思考後，事到如今也不需要隱瞞了，華便把她最重要的式神叫出來。

「……好吧，葵、雅，你們出來吧。」

首先，如髮飾般停在華頭髮上的梓羽，先展翅飛起停在華肩膀上。

與此同時，葵和雅現身於房內。

果不其然，朔大致掌握他們倆的位置，從一開始就看著葵和雅出現的地點。

一臉不悅表情的葵，與和善微笑的雅，兩人表情相當極端。

「你們兩個，自我介紹一下。」

「我是華大人的式神，名為雅。」

雅優雅地一鞠躬。

「我是葵。」

和雅相反，葵冷淡地打招呼，但似乎在這一瞬間射中椿的心。

「呀～好帥喔！」

椿染紅雙頰，衝上前抱緊葵。

突如其來的行動讓原本很不開心的葵手足無措。

「啊、喂，妳放開我！」

「才不要，你叫葵嗎？簡直就是我的天菜啊！」

即使葵不停甩動身體，椿也如八爪章魚般緊緊黏著葵不放。

「主人，我從今天開始不當主人的情婦，要改當葵的女朋友～」

「好，隨妳高興。」

朔不怎麼感興趣地揮揮手。

「什麼！別隨她高興啊！你們自顧自說什麼啊，快點放開我！」

「我已經決定了～」

「主、主子！救我！」

葵朝華伸手求援，但華也無能為力。

雅只是愉悅地露出微笑，朔完全不感興趣。

而問題元凶的椿，大概拿槓桿也無法將她撬開。

話說回來，華不是椿的主人，就算華開口，椿也不會聽吧。

『如果這麼討厭，你隱身不就得了。』

梓羽一語點醒葵，他瞬間隱藏了身影。

看來最冷靜的就是梓羽。

「討厭啦～葵不見了。」

椿很遺憾地垂頭喪氣，朔對她開口：

「太吵了，妳也退下吧。」

「主人，你好過分喔～」

朔像揮趕蟲子般擺擺手，椿邊抱怨著也消失身影。

只剩下梓羽和雅兩個式神。

朔定睛看著兩個式神瞧，彷彿確認著些什麼。

雖然他的視線相當不客氣，但雅沒收起臉上的微笑，持續接受朔的打量。

接著，朔開口：

「原來如此，妳的式神力量相當大。」

「當然。」

華驕傲地挺高胸膛。

雖然沒有葵那麼強，但梓羽和雅也是華竭盡心力創造出來，她最驕傲的式神。

「蝴蝶是梓羽。」

說完後，蝴蝶翩翩飛到朔面前。

『我是梓羽。』

「真令人驚訝，明明是等級最低的式神，竟然會說話啊。」

「以前也不會說話，但我十五歲生日那天力量覺醒之後，也分了很多力量給梓羽，然後她就變得能說話了。」

「確實，她強大得讓人難以相信是蝴蝶，真驚人。」

『耶嘿嘿，因為主子大人給了我好多力量。』

受到朔誇獎，梓羽也很得意。

但事實上，雖然口齒不甚伶俐，但還是會說話，而且能按照自己的意志行動，一般來說不可能有低等式神像梓羽這樣。

除了梓羽之外，華也不曾聽說過有這樣的式神。

所以朔說出口的話絕非場面話。

接著，至此一直保持微笑的雅開口：

「一之宮的家主大人。」

「叫我朔就好。」

「那麼，朔大人，我已從主子大人口中，聽說了這次事情的大致內容。主子大人對我們來說是無可取代的重要人物，還請您千萬別輕忽對待。」

「我明白。」

「萬一您做出讓主子大人痛苦、悲傷的事情，到時……」

雅在此富含深意地微微一笑，但她的眼中沒有絲毫笑意。

她的眼睛暗示著「要是有個萬一，還請您做好覺悟」。

「請您萬萬不可忘記。」

「我會放在心上。」

雅最後露出一如往常的溫柔微笑之後，消失了身影。

梓羽也再次停在華頭髮上，靜止動作。

「妳的式神很厲害，但也很駭人。」

「他們很可愛對吧？」

華得意地「呵呵」笑。

但聽到剛剛的對話，會用『可愛』形容的只有華而已。

「對妳來說，是很可愛。但可以的話，我絕對不想與強大的他們為敵。妳竟能有三個這種式神……我記得妳說妳是在十五歲生日時覺醒的。」

「嗯。」

「在那之前，就是傳聞中的『劣等生』？」

「是啊，雖然有能創造出梓羽這個式神的術者能力，但當時的能力大致上跟身邊給予的評價差不多。但也不能否定，因為和優秀的葉月比較，讓我看起來更加弱小就是了。」

如果不是雙胞胎。

如果她沒有葉月那般優秀的姊姊。

世間對她的嘲笑應該會少許多。

或許華也不會養出這種乖張的思考了。

或者是，如果力量可以再早一點覺醒……

但若是那樣，就會換成葉月被拿來和華比較。所以對華而言，她無法判斷哪種發展比較好。

華和葉月的立場，只有毫釐之差。

正因為如此，即使佯裝「與我無關」、想要漠不關心，仍然開口勸告葉月。

即使知道葉月不會明白，但華仍然無法真心忽視葉月。

「原因呢？妳有頭緒嗎？」

「完全沒有，力量像突然脫去一層皮一樣湧出來，連我自己也嚇一大跳，而且毫無預兆。」

「這樣啊，我還以為其他人也有可能突然覺醒，但只聽妳這樣說，什麼也不明白。」

「過去沒有人和我有相同的狀況嗎？」

朔搖搖頭。

「沒有，我不曾聽說過。」

身為一之宮家主，術者的消息自然會全部傳進朔耳中，他都這樣說了，大概真的沒有。

如果和華一樣選擇隱瞞力量，就不得而知了，但華是特例。

一般而言，得到強大力量後絕對會開心地詔告天下。

「算了，既然不知道理由，繼續思考也沒意義。」

看見朔陷入深思，華結束這個話題。

「是這樣說沒錯……」

朔感到些許可惜，或許因為他身為本家家主，有「如果有其他力量覺醒的人出現，與妖魔的對戰也能輕鬆許多」的想法。

但在此煩惱也不會有結論。

接下來換個話題。

「對了對了，雖然明天是週一，但妳學校要請假到婚禮結束。」

「為什麼？」

「到婚禮前只剩一週，妳要做的事情堆積如山，根本沒時間讓妳上學。」

「呃，真的假的？」

華的表情十分扭曲。

「從明天起，妳將會有個分秒必爭的忙碌行程，做好覺悟吧。」

「什麼～」

朔的笑容，看在華眼中和惡魔的微笑沒兩樣。

正如朔所言，婚禮前一週的忙碌宛如驚滔駭浪。

從定裝開始，記住分家等邀請賓客的臉孔等等，即將成為家主夫人的華該做的事情一椿接著一椿。

她的大腦就快因為過度的忙碌而爆炸，身體疲憊，每天反覆著筋疲力竭地結束一天的生活。

因為忙碌而沒有和朔的母親碰面的機會，也不知道到底是好事還是壞事。

不對，朔現在也忙得幾乎碰不上一面，一想到不需要迎接朔不在場，華和他母親兩人獨處的悲劇，或許該說萬幸。

朔的母親不認同華且給人冷淡的印象，華不認為自己有辦法和她好好對話。

聽說朔有弟弟，但華尚未與弟弟見過面。

同住一個屋簷下，將來有天也會介紹給她，但華認為他肯定和朔的母親一樣不認同自己。

再怎麼說，就連家中的傭人也不願認同華啊。

姑且因為華是朔親自帶回家，且已經登記結婚的女性，傭人們不會明著發難，也專業地做好工作。

但他們看華的眼神冰冷得教人發寒，甚至透露出輕蔑感。

不歡迎華的程度，明顯到讓人想說句「表面工夫也再做好一點吧」。

他們似乎在華看不到的地方大肆說她的壞話，葵在家中散步之後也常一臉不悅地回來。

即使不是出自自己口中，葵也不想要說出批評華的話，所以閉嘴不談，這是雅偷偷告訴華的。

葵暫時離開華身邊時，雅也跟著葵同行。

這是為了預防葵在家中聽到有人說華壞話時失控。

但別看雅這樣，她的思緒也是朝著危險方向發展，讓人疑問她真的能好好阻止葵嗎？

事到如今，說說壞話根本不算什麼，但式神們無法忍受華遭受輕蔑。

而且輕蔑的對象還包含梓羽在內，讓他們更無法忍受。

梓羽平常照華的吩咐壓抑自己的力量，除了朔這樣感覺敏銳的人，其他人只認為她是蝴蝶式神。

隨時把低等式神帶在身邊這點，也是華遭輕蔑的理由之一。

雖然已經沒有隱瞞的必要，所以梓羽也不需要壓抑自己的力量，但華認為現在仍非展現力量的時機。

華靜心等待著可以造成最大衝擊、最有效果的那一刻。

所以說，在那之前只能請式神們多忍耐了。

但她也擔心葵會等不到那時就先爆炸……

接著，終於迎接婚禮當天。

一大早天色未亮，華就被人從被窩中挖起來，開始做準備。

雖說是淨身儀式，當華被丟進本家腹地內湧出冷水的乾淨泉水中時，還以為是討厭她的傭人們找碴；但在洗淨身體後，十和替她拿來溫暖熱水，告訴她這是一之宮家的古老習俗，華這才終於相信。

之後稍微吃點早餐，換上白無垢。

頭髮向上盤起，戴上蝴蝶蘭髮飾完成華麗的裝扮。

梓羽也翩翩飛過來，將自己化作髮飾的一部分，停在華的頭髮上。

那是梓羽的固定位置。

她今天也會一如往昔地停在頭髮上，伴在華身邊。

加上一身虹彩的梓羽後，讓髮型更顯華麗。

就在忙碌準備時，一身羽織袴裝打扮的朔走進房裡。

他一見到華便宛如時間靜止般定睛注視著她，讓她感到很不自在。

「幹嘛？」

「沒有，只是想著果然是『人要衣裝』呢。」

「你沒其他話好說嗎？」

朔就連這種時候也不忘耍嘴皮子，會想要瞪他也是情有可原。

華一瞪，朔輕聲而笑：

「開玩笑的，妳美得我都說不出話來了。」

朔的笑容奪去華的目光，心臟因此劇烈鼓動。

朔嘴上不饒人又態度高傲，但再怎麼說都有張上等皮相，他的笑容破壞力十足。

為了掩飾自己的悸動，華輕輕別開視線：

「你、你也是人要衣裝耶。」

「妳就直接說我很帥氣了吧！」

朔輕笑後，手貼上華的臉頰。

華與朔注視彼此。

先開口說話的是朔。

「華……對不起。」

「對不起什麼？」

「把妳捲進我的問題當中。妳不是希望能過著平靜的生活嗎？但既然我知道了妳的存在，我就沒辦法視而不見。我無法放開妳，但我向妳保證，為了能讓妳幸福，我會做到所有丈夫該做的事情。所以，請妳待在我身邊。」

他的聲音平靜、沉穩地滲入華的心中。

「你確實相當強硬，但最後做選擇的人是我。或許將來有天我會後悔，但現在並不。所以你千萬別讓我後悔。」

把自己的手貼在朔碰觸她臉頰的手上，華露出甜美笑容。

朔也回以微笑。

「這是當然，相信我。」

自信滿滿且高傲的這句話，有著強而有力、無與倫比的信賴感。

讓華相信「肯定沒問題」。

「那麼，我們走吧，妳做好覺悟了嗎？」

華毫不遲疑地搭上朔朝她伸出的手。

「放馬過來吧！」

婚禮儀式開始。

各分家家主聚集在宴客廳中，靜候時辰到來。

任誰都無法相信。

聽到一瀨家的女兒被選為家主之妻時，大家立刻想到姊姊葉月。

如果是那個優秀的姊姊，雖然令人不甘心但也無可奈何，想讓自家女兒成為家主之妻的人也只能放棄。

但沒想到，竟然不是姊姊而是妹妹。

總是被人拿來與優秀姊姊比較的劣等生妹妹，被雙胞胎姊姊奪走全部力量，只是姊姊的殘渣。

沒想到家主看上的人竟是妹妹。

教人如何能相信，如何能接受。

抗議聲當然不曾停歇。

但家主朔本人親自走訪抗議的各分家，誠懇地說服所有人。

說明妹妹華絕非劣等生，若不選擇華，會造成一之宮家莫大損失。

但是，即使朔如此說明，眾人也無法立即接受。

實際上，幾乎所有人仍不能接納。

只不過，既然家主都說到這個地步，也只能心不甘情不願地接受了。

因此，不僅限於本家內，分家的人也對華相當不滿。

在這種氣氛下舉辦婚禮。

基本上，身為一之宮家族關係者，所有分家皆須出席。

在此也可見到新娘華的原生家庭，一瀨家的眾人。

但在場不見朔的母親與弟弟。

這是他們不認同這個婚姻的沉默抗議。

分家中，還有到了婚禮當天的此時此刻，仍然無法置信「他們真的要結婚嗎？」的人。

朔和華的婚姻就是如此出乎眾人意料之外。

一瀨家的人應該特別有感觸。

明明是自家次女被選為家主之妻，他們的表情卻很難稱得上喜悅。

面對發揮湊熱鬧天性、想探聽八卦的各家夫人口頭說著祝賀詞，應該要感到喜悅的雙親笑容僵硬。

哥哥不悅地皺起眉頭，散發出令人難以搭話的氛圍。

因此，也讓人不敢找站他身邊的雙胞胎姊姊葉月說話。

眾人肯定非常想知道葉月現在的心情。

但與其說擔心葉月，更正確地說，是抱著幸災樂禍的心情。

就在這種氣氛中，兩位主角步入會場。

朔牽著華慢慢走進宴客廳，華看見眾分家的人一字排開而顯得畏怯，彷彿察覺她的心情，朔將她握得更緊。

華受到鼓舞，輕輕深呼吸之後，踏出第一步。

擠滿宴客廳的眾人視線全聚集在華身上。

肯定超乎預料之外吧？

不同於對葉月的熟識，有許多人不知道華的模樣。

這些人打量華的視線令她恐懼，但朔的溫度從掌心中傳來，拯救了她。

華沒有做出任何虧心事，絕對不可以低下頭，要抬頭挺胸看著前方，堂堂正正地。

在新郎、新娘的位置上就定位後，年長的男性開始主持婚禮。

「在此舉辦一之宮家主朔先生，以及華小姐的結婚儀式。」

這句話一說完，酒杯擺到朔與華的面前，十和先在朔的酒杯中斟酒。

在朔將酒一口飲盡後，接著在華的酒杯中斟酒。

華雖然已經成年，但要滿二十歲才能喝酒，所以只是作作樣子。

接著放下酒杯，儀式就此結束。

還真是一下就結束了，但比起無謂漫長的儀式要來得好。

華在結束任務後鬆了一口氣，朔也露出「妳做得很好」的笑容。

接下來，舉辦所有賓客共同參與的宴席。

料理逐一端上桌，在嚴肅的氣氛下開始用餐。

大概因為新娘是華，一開始氣氛很不熱烈，大家都在窺探彼此反應的感覺，但幾杯黃湯下肚後，情況也逐漸改變。

氣氛越變越開朗，對話也逐漸熱烈起來。

不停有人來向朔敬酒，但沒有人來到華身邊。

嗯，這無所謂。

不需要成為愛八卦女性們的獵物反倒可說是好事，她們在遠遠的地方看著華說壞話，這點小事算不上什麼。

大概因為不好來找華說話吧，同齡的女孩聚集在葉月身邊。

看來似乎是在安慰葉月。

「葉月小姐，這次的事情肯定狠狠傷了妳的心吧？」

「這還用說，竟被那種無能的人搶走家主之妻的地位！」

女孩們相當憤慨，看似在替葉月抱不平，實際上是憤怒著不如自己的華搶走家主之妻的位置。

但其中也有真心景仰葉月，為了葉月哀嘆的人。

「不可原諒，葉月小姐明明更加適合那個位置，那個女人到底是使出怎樣的手段？」

「肯定是使出卑鄙的手段準沒錯，若非如此，為什麼那種無能之人會被選為家主的伴侶。」

阻止大家爭相說華壞話的人是葉月。

「各位，謝謝妳們。但請別說那種話，華是我最重要的妹妹，如果她能幸福，我……」

葉月悲傷地微笑。

那是為了妹妹含淚忍耐，可敬的堅忍女性。

「妳太溫柔了，不顧慮自己，還優先考慮那個女人。」

「真不愧是葉月小姐。」

景仰葉月的人連聲稱讚葉月。

聽到她們對話的華，喝著果汁輕笑。

朔發現身旁的華正在呵呵笑。

「妳在笑什麼？」

「因為葉月。」

「嗯？」

朔的視線也看往葉月，接著再度拉回華身上。

「怎麼了嗎？」

「葉月啊，其實早已怒不可抑，氣到都要抓狂了，但她在人前還在扮演溫柔的資優生，拚了命忍耐不露出本性。其實她的自尊應該大受打擊，但又不能開口說我的壞話，明顯露出不耐煩的樣子，這幕好笑得讓我都要噴果汁了。」

看見華笑個不停，朔露出傻眼的表情。

「……妳個性還真糟糕。」

「確實如此，但讓我變成這樣的是父母和周遭的人。」

華也有自己個性很糟的自覺。

但在那種扭曲的環境中，要怎樣才能養出個性良善的孩子？

華不怨恨雙親，但還是有些許憤怒。

「妳不想對雙親復仇嗎？家主之妻也能辦到這件事。」

「我沒興趣，他們對我來說早已是陌生人了。而且要說復仇，當你選擇我而不是選擇葉月那時，我就已經復仇了。」

「妳還真是無欲無求，如果是我，就會徹底打擊對方。」

「你確實感覺會那樣做，絕不原諒反抗你的人的感覺。」

「妳當我是哪來的暴君啊。」

「你沒自覺嗎？還真嚇到我了耶。」

不是開玩笑，華認真感到驚訝。

「妳啊……」

朔單手摀住自己的臉。

正當華想著「哭了嗎？」時，反而聽見朔的笑聲。

很是壓抑的呵呵笑聲。

「我到現在還是搞不清楚你的笑點，剛剛的對話中哪裡好笑啊？」

「啊啊，對我來說很好笑。」

「哪邊？」

「妳對我的態度。到目前為止，沒有人對一之宮家主的我說話這麼不客氣啊。」

朔用無法壓抑笑意的臉看著華。

「只要和妳在一起，就會讓我忘了自己是家主。妳還是第一個讓我感覺說話如此開心的人。」

「那還真是多謝誇獎。」

朔偶爾露出的笑容，讓華心臟小鹿亂撞。

那總是突然出現的笑顏，對心臟非常不好。

倏忽，華的視線看向四周，發現有許多人看見朔的笑容後大為吃驚。

「朔先生笑了耶。」

「他竟然如此喜愛那個女孩啊。」

「那我們也多少該改變應對……」

聽見周遭的人如此竊竊私語。

「不過只是稍微笑一下而已，大家也太誇張了吧？」

當華如此嘀咕時，椿突然在華身邊現形。

「主人平常完全不笑喔～」

華不禁嚇得身體一抖，但椿說出口的話更令她在意。

「不笑？」

「是呀，他的臉頰肌肉就跟蠟像一樣僵硬啊～也可說跟死人沒兩樣。」

華不解歪頭。

華所認識的朔，真要說起來是表情豐富的人。

一拍即響般動不動就吐嘈華，說些惹怒人的話，明顯表露喜怒哀樂。

華轉頭看朔，定睛注視著朔的臉瞧，只見他害臊地把頭轉過去。

「這樣耶？」

看到做出如此反應的朔，到底哪來臉頰肌肉全部陣亡的說法啊。

華再次向椿確認，椿開心地笑開懷。

「哦呵呵呵，主人就拜託妳了喔～華小姐。」

椿留下這句話後便消失了。

結果華還是不知道椿是為了什麼現身。

接著，宴會結束。

朔的母親和弟弟直到最後一刻都沒有現身令華在意，但朔一臉平靜。

既然朔沒有意見，華當然也沒必要多嘴。

華也不是對事情會想太多的人，所以想著「算了」，便把這件事情趕往大腦角落。

接著在那天晚上，傭人告知華接下來使用的寢室與先前的房間不同，在她換好睡衣之後，領她到不同房間。

大概也是因為舉辦完婚禮儀式了吧，華沒想太多便走進新房間，只見房內並排鋪著兩人份的被褥。

「嗯？」

正當華感到困惑時，朔也走進房裡來了。

「朔，怎麼了嗎？有什麼事？」

「還有什麼事，除了睡覺能有什麼事。」

「啊？為什麼！」

華聽不懂朔在說什麼，不對，說「不想理解」才正確。

「婚禮儀式都結束了，夫妻共寢也是理所當然的吧？」

「什麼！我沒聽說。」

「別多話了快睡覺，今天很累了。」

朔懶洋洋地在被子上坐下，拉過華的手緊緊抱住她就往被窩裡倒下。

「呀啊！你、你幹嘛啦？」

「我們是夫妻，這點小事有什麼關係，還是妳想要再更進一步？」

朔咧嘴邪笑，推倒華懸在她上方。

華拚命搖頭，朔的手輕輕滑過華的臉頰。

「既然如此，允許我這點小事吧。」

朔的臉朝華靠近，就在兩人的雙唇即將交疊之時……

「怎麼可能允許，你這個色老頭。」

葵瞬間現身，用力踹了朔一腳。

漂亮地將朔從華身上踹開，朔往旁邊滾開，嘴角抽搐著起身。

「我原諒你說我色，但別叫我老頭，我還只有二十四。」

「在我看來已經夠老了。」

葵瞧不起朔一般哼聲一笑，朔當然無法沉默以對。

「是啊，這麼說來確實如此。也只有小孩子會做出這種孩子氣的行為。」

「啊？老頭，你說什麼！」

葵一瞪，朔也不認輸地應戰。

「小朋友就乖一點，這是我們夫妻之間的問題。」

「我的主子很不願意！」

「人類社會有『口是心非也是一種喜歡』這種說法，你給我記住，華只是害羞而已，不是真心討厭。過來，快點睡吧，華……」

當把視線從葵身上拉回華身上時，朔頓時語塞。

趁著朔和葵爭執之時，雅不知打哪裡拿來大量的抱枕，在兩套被褥之間築起屏障。

「那麼，主子大人，這樣一來就沒問題了。」

『雅好棒。』

梓羽誇獎著雅，雅滿足地微笑。

連葵也豎起大拇指表示「Good job!」

朔露出難以言喻的表情：「妳的式神也太過度保護了吧？」

「嗯～確實是有點過度保護了。」

華也無法否認。

❀❀❀

隔天早晨，華不知為何是在被朔緊緊鎖在懷中的狀態下醒來。

太奇怪了。

昨晚雅確實用抱枕築起屏障才對的啊。

但華抬起頭一看，發現朔越過屏障，跑進華的被窩來。

明明做出這種事情葵應該會在旁吵吵鬧鬧，但也沒看見葵如此。

更正確來說，別說葵了，連雅和梓羽的氣息也感受不到。

為了預防萬一，隨時都會有誰待在華身邊的耶。

這到底是怎麼一回事?

總之,華為了從禁錮中掙脫不停扭動身軀,但華越是掙扎,朔也越加用力緊緊將她抱在懷中。

近到可以聽見朔的心跳聲、感受到他的體溫,讓華的臉頰逐漸轉紅。

「朔、朔!朔,你快醒來!」

華驚聲尖叫並胡亂拍打朔,他終於開始緩慢甦醒,眼瞼也慢慢張開。

「嗯……華?」

剛睡醒的沙啞聲音,呼喊華的名字。

多少對朔產生抗體的華好不容易撐住了,但世上的高中女生應該會立刻噴鼻血。

朔就是如此無謂地釋放性感魅力。

「放開我啦~」

「嗯,啊啊。」

嘴上說著「啊啊」,還是沒有放開華。

「我們為什麼睡在一起?而且,你到底要抱我抱到什麼時候?」

「妳抱起來很舒服。」

聽到他這樣說,華會羞紅了臉也是理所當然。

「別說廢話了，快放開我……」

一大清早就放過我吧，當華終於從鬆開的雙臂中逃脫時，「啾」的一聲，溫暖之物碰觸她的臉頰。

「啊？」

華嚇得看朔，只見朔不懷好意地笑著。

「吻在唇上比較好嗎？」

「笨、笨蛋！」

華拿起手邊的枕頭打朔。

「葵！葵！」

華想要痛扁這男人一拳而呼喊葵，平常總會立刻現身的葵卻不見身影。

感到怪異的華停止了攻擊。

「葵？雅、梓羽？」

不僅葵，連雅和梓羽都喊不來。

「為什麼？」

朔若無其事地告訴感到不可思議的華：

「他們不會來。」

「咦？怎麼一回事？」

「因為我張設了結界讓他們進不來。」

「什麼！」

聽朔這樣一說才發現。

確實有個以這房間為中心張設的結界。

「要是那些傢伙在旁邊，就會吵得讓人無法好好安眠。」

「這也太浪費力量了吧……」

在睡眠期間也持續張設結界，是相當高程度的法術。

術者中也只有頂尖術者能辦到。

問華能不能辦到，她會回答可以，但她並不想這樣做。

張設結界時需要相當精密地控制力量，非常累人。

更別說朔身為一之宮家主，平常也負責柱石的結界。

這表示朔已耗費大量的勞力，但讓人感覺不出這點，也代表他有強大的實力。

說來說去，果然是令華真實感受到背負著國家存亡的一之宮家主呢。

「你不會累嗎？」

「會，很累。他們整個晚上想闖進來，一直不停攻擊結界。」

「這也是當然。」

站在葵的立場，被迫離開華身邊還被結界擋在外面，他肯定不惜攻擊也想要闖進來。

「總之先撤除結界吧。」

「好吧。」

結界的氣息瞬間消失，葵、雅和梓羽也在同一時間現身。

「主子！」

「主子大人，您沒事吧！」

『主子大人沒事嗎？』

看見華平安無事，式神們才終於鬆了一口氣。

「啊啊，離開您的身邊真的非常抱歉，您沒有被哪來的禽獸做出什麼不講理的事情吧？」

「妳說誰禽獸，說誰啊？」

擔心華的雅根本沒聽見朔的吐嘈。

仔仔細細地確認華是否平安無事。

「看來您的衣服沒有凌亂，我終於放心了。」

「衣服沒有凌亂也不代表沒發生任何事情。」

故意說些火上澆油的話，朔的個性也很惡劣，絲毫不輸給華。

果不其然，這讓葵和雅怒火沖天。

「主子，我可以宰了這傢伙嗎？可以吧？」

「宰了他吧。」

葵拿起大劍，雅擅自允許葵去做。

氣氛一觸即發，但朔毫不畏怯，反而對葵露出天不怕地不怕的笑容。

「椿，妳心愛的男友來見妳了耶。」

朔說完的下個瞬間，身穿荷葉邊女僕裝的椿當場現身。

葵的表情立刻閃過驚慌。

「討厭啦～一大早就能看見達令，椿好幸福喔～」

椿彷彿黏鳥膠般緊緊黏在葵身上不肯放開。

「放、放手，喂，你太卑鄙了！」

在華看來，葵和椿的實力不相上下。

無法如先前戰鬥過的雜碎妖魔般順利甩開，所以葵對椿感到相當棘手。

而且不知從何時開始，葵升格成達令了。

「達令，改天和我約會吧？」

「絕對不要！」

「不行不行，已經決定了。我會替達令挑選適合你的衣服。」

椿「啾」地親了葵的臉頰，葵發出「呀啊！」的驚聲尖叫後，消失身影。

「真是的，怎麼這麼害羞啦。」

看見葵這種反應還染紅雙頰，椿的樂觀真值得嘉許，明明可以明顯看出葵很厭惡啊。

宛如表示「電燈泡終於消失了」，朔伸展身體後慢慢起身。

「華，妳也去換衣服，去吃早餐了。」

「朔也一起嗎？」

會這樣問，是因為自從來到本家，朔忙到幾乎難以見他一面，三餐當然也是華獨自在房裡用餐。

「總之已經忙到一個段落了，接下來就能陪在妳身邊了。」

「主人啊，為了讓分家那些腦袋硬梆梆的人認同華小姐而四處奔波喔～所以才會一直沒待在家裡。」

椿的說明讓華嚇得睜大眼。

「原來發生了這種事啊？」

朔朝椿的額頭彈指。

「椿，妳別多話。」

「可是是真的嘛。」

拋下這句話後，椿也消失身影。

「快點去做準備。」

朔迅速離開房間，但一瞬間看見他的表情似乎有點害臊。

總覺得這騷動華的心，讓她無所適從。

「主子大人……」

雅的樣子似乎不太對勁。

彷彿被人拋下的迷途孩子，相當不安的表情。

華隱隱約約察覺其中理由。

「別擔心，朔雖然嘴上不饒人，但是個很好的人，到目前為止都很真摯地對待我。」

「主子大人喜歡那個男人嗎？」

「不知道，因為我才剛認識他不久啊。但是，即使我喜歡上誰，也不會因此不把你們當一回事，如果對方是會如此對待你們的人，那我才不要他。」

「主子大人……」

華安撫地摸摸雅的頭。

雖然看起來比華年紀大，但葵和雅才出生沒幾年而已。

從人類來看，還是絕對需要父母的年齡。

葵和雅因為華的私人因素，完全斷絕與他人之間的接觸。

所以對華的依賴也更高。

雖說主人本來就是式神的全世界，但人型式神智商也高，擁有與人類幾乎無異的情感。

就這方面來說，蝴蝶梓羽的情緒就少有起伏。

正因為有這感情的微妙之處，雅才會感到恐懼。

雅恐懼的是華可能會消失。

華可能不再需要他們。

也許也因為她聯想到葉月的事了。

「妳完全不需要擔心，這頂多只是契約婚姻，只要契約結束之後就能解除，只是暫時的關係。」

「……若真只是暫時的關係就好了。」

「什麼？」

「沒有，沒什麼。」

看來華似乎沒有聽見雅的喃喃自語。

但或許這樣才好。

只有雅隱隱約約察覺，接下來即使再不願，都不得不思考這件事。

換好衣服走出房間，朔已經站在走廊上等她了。

「讓你久等了。」

「啊啊。」

在華說「自從來到一之宮家後，餐點都端到房裡用」後，朔露出一張苦瓜臉。

據他表示平常有專門的用餐房間，「家人絕對都要在那個房裡用餐」是大家的默契。

講白一點，讓華待在房間用餐，就等同詔告天下她不被認同為一之宮家的成員。

華在一瀨家時向來都是單獨用餐，所以沒有感到任何疑惑；但這樣說來，明明家人都在家卻分別用餐，確實很奇怪。

是華的原生家庭太特別了。

朔說著「對不起」道歉，但老實說，華也對和朔的母親一起用餐感到很不安，所以完全沒問題。

但朔肯定會糾正傭人這一點，看來今後華都得要到用餐房了吧。

一想到朔的母親，讓華湧上「或許單獨用餐也不錯」的念頭。

接著和朔一同走入平常用餐的十坪大房間內，朔的母親早已在桌前落座了。

「早安，母親。」

「嗯，早安。」

母親連瞥也不瞥華一眼，只對朔打招呼，華也不認輸地開口。

「早安。」

朔的母親眼神冰冷地看華。

「哎呀，妳在啊？」

立刻給了華一記下馬威，但華勉強自己扯出笑容。

「真虧妳有臉出現，一瀨家是怎樣教育女兒的啊？要是來的起碼是姊姊的話……」

朔的母親挖苦地嘆一口氣。

正因為早已預料這種狀況，所以華才不想要見到朔的母親。

現在也還不遲，真想逃回房間……

但在朔面前，沒辦法逃跑。

而且華得暫時在這裡生活啊。

「華，來坐我旁邊。」

朔指著比母親上座的那個位置。

華偷覷了朔的母親，只見她身體一顫，朝華投射足以殺死人的強烈視線。

朔拉著躊躇不已的華，強逼她坐下，與此同時，一個至今不曾見過、與華年齡相仿的少年走進房裡。

頭髮染成褐色還燙捲，很適合他有點娃娃臉和鳳眼的容貌。

身高沒有朔高，長相偏中性但與朔有幾分相似的少年，一看見朔身邊的華，立刻眼神銳利地瞪她。

「喂，為什麼這女人在這啊。」

低沉威脅般的聲音，毫無掩飾地展現出他的憤怒。

在華想著「是誰？」時，朔立刻替她介紹。

「華，那是我的弟弟一之宮望，和妳同樣是黑曜學校的三年級生。」

「別把我和她相提並論！萬年Ｃ班的劣等生和我根本是不同世界的人。」

華事不關己地想著：「我還真是被徹底討厭了耶。」

華感覺到自己不被缺席婚禮的母親和弟弟接受，但態度如此明顯實在很累人啊。

「望，華是身為家主的我的妻子，注意你講話的態度。母親，您也相同。」

朔這樣說著，只有朔確實站在華這邊，是最大的幫助。

「我可不承認！竟然迎娶這種劣等生進一之宮家？哥哥絕對瘋了。明明是葉月更加合適，你為什麼不選葉月？」

看他直呼葉月姓名這點，應該認識葉月。

不對，朔剛剛才說他是黑曜學校三年級的學生，或許和葉月同為A班。

「因為我認為華比她姊姊更好。」

「為什麼？」

「那個姊姊太弱小了，力量不足以成為家主的伴侶。」

「這個女人更弱吧！」

望把矛頭指向華，惡狠狠瞪著她。

「喂，妳這女人到底是怎樣籠絡哥哥，是拿身體換嗎？還真好啊，女人有那麼多工具可以用。」

「望！」

朔也生氣了，但望不打算改變自己的意見。

不僅如此，大概是無法原諒這句話，停在華頭上的梓羽抗議般地翩翩飛到望面前。

望厭煩地揮手，想驅離梓羽。

「只能做出這種蟲子的無能之人！快點滾出去！」

原本安靜聽他說話的華，動作迅速地揪住望的胸口，把他扯出走廊。

「喂喂。」

朔也慌慌張張追上去。

「放開我！」

望揮開華的手，華則是脫下單腳的襪子，朝望臉上丟去。

襪子在精采的控球下直擊望的臉，接著靜靜滑落下來。

一片沉默。

但立刻回神的望猛然反擊：

「妳幹嘛！」

「我向你提出決鬥。」

華哼聲挺高胸膛，還脫下另一腳的襪子也丟過去，但這回被望躲開了。

「不對，應該要丟手套才正確吧。」

朔在這種時候也不忘記吐嘈，但也因為華如此行動，讓他怒氣全消了。

「手邊沒有手套，只好拿襪子代替，對付這麼弱小的小朋友，這就很足夠了。」

「妳、妳說什麼！」

「無理取鬧，只會拿自己的標準看人。朔馬上就看出梓羽的能力了，你卻完全沒發現，這就是你弱小的證據。」

「沒發現，妳在說什麼沒發現！」

「我現在就告訴你，跟我到外面去。」

華從望身上別開視線轉過頭去，只見朔露出極度愉悅的表情。

「即使讓周遭之人知道我的能力、引來麻煩事，你也會替我解決對吧？」

「是，妳就放心大鬧一場吧。」

「了解，我會宰了他，讓他在黃泉底下後悔。」

華一手握拳打上另一手掌心，展現滿滿幹勁，她氣得兩眼發直。

望說得太過火了。

而且還說梓羽是蟲子，重視梓羽的華無法等閒視之。

「……妳打個半死就好，他再怎麼樣也是我弟弟。」

「什麼～」

「別『什麼～』，拜託妳啦。」

雖然很遺憾，華仍不情不願地點頭。

對此，望憤怒地發抖。

「妳別自說自話了，我接受妳的決鬥，妳要是輸了就滾出去。」

「可以啊，但要是你輸了，你可得喊我嫂嫂。」

「我不可能會輸！」

於是乎，兩人走到院子。

似乎聽說兩人要決鬥，本家內的傭人們紛紛聚集前來看熱鬧。

華不禁想著「大家很閒嗎？」，但要展現自己的實力，圍觀者自然是越多越好。得讓他們成為最重要的人證才行。

朔的母親一臉不為所動，大概不認為望會輸吧。

而在旁湊熱鬧的所有傭人也都這麼想。

只有朔一人除外。

「決鬥的方式就交給妳來選。」

望用媲美朔的高傲態度命令華，華露出無所畏懼的笑容。

「梓羽，過來。」

梓羽翩翩飛舞停在華伸出的食指上。

「你也有式神對吧？」

「這當然，紅蓮！」

望一喊，老鷹現身停在望手臂上。

「那麼，就讓式神們對戰ＯＫ嗎？」

「妳認真？」

望露出難以置信，懷疑自己聽錯的表情回問。

這也是當然。

因為華竟然說要讓式神中最弱的蝴蝶梓羽出戰。

望的式神是老鷹，與人型式神相比雖然不罕見，但不愧是朔的弟弟，從老鷹身上感受到的力量，比尋常術者的式神強大許多。

但在不需要抑制力量的梓羽面前，也只是半斤八兩。

「梓羽，不需要壓抑自己的力量了，也可以在人前說話了喔。」

『可以嗎？』

華點點頭，原本壓抑自己力量的梓羽，瞬間解放力量。

美麗的虹彩翅膀轉變為更美麗、更鮮豔的色彩。

「什……」

看來，望終於感受到梓羽體內蘊藏的力量有多大了。

他的表情相當驚訝。

朔的母親也相同。

「那麼，就讓我們開始吧。我要讓你後悔說梓羽只是蟲子。」

華露出簡直可謂神清氣爽的開朗笑容。

望一開始相當驚訝，但表情逐漸轉變為不耐煩。

「蟲子就只是蟲子，我不會被妳的花招蒙騙，紅蓮，上！」

名為紅蓮的老鷹回應望的命令，展開牠巨大的雙翅，飛向天空。

紅蓮瞄準飛離華指尖的梓羽，從空中向下滑行突擊，梓羽飛舞躲過。

「紅蓮，快點解決牠！」

看見紅蓮遲遲無法逮到梓羽，望的煩躁來到頂點。

這份情緒也影響了紅蓮，可以看出紅蓮也焦急起來。

就在此時。

「梓羽，幻惑。」

梓羽一邊翩翩飛舞，一邊灑下閃閃發亮的鱗粉，鱗粉灑到紅蓮的眼睛。

這造成了變化，原本確實看清楚梓羽位置的紅蓮變了個樣子。

明明近在身邊，卻迷失了梓羽的身影，紅蓮不停四處張望。

「紅蓮，你在幹嘛！」

「梓羽，給牠最後一擊！」

梓羽又飛到紅蓮的更上方，從上空灑下霧靄般的東西，紅蓮痛苦得暈頭轉向、無法好好飛翔，不一會兒，就再也無法飛行，直落地面。

「紅蓮！」

「是我勝利了呢。」

對在場的所有人來說，這是難以置信的光景。

一之宮之子望的式神，面對一直遭受嘲笑的蝴蝶式神，竟然束手無策，直接慘敗。望也懷疑自己看錯，甚至覺得「這該不會是場夢吧」——但無庸置疑，這場決鬥，由被視為劣等生的華的式神獲勝。

而且，感覺敏銳的人可以正確感知從梓羽身上流洩出來的力量。

眼前的光景既非虛假，也非幻覺。

但望仍然無法接受。

「我不承認，絕不承認，不承認妳這種女人是哥哥的妻子。」

「現實總是很殘酷的喔~那麼，你就放棄掙扎，乖乖喊我嫂嫂吧。」

華彷彿嘲弄望一般「呵呵呵呵」笑了，望惡狠狠地瞪著華。

「像妳這種毫不性感、幼兒體型的女人，我怎麼可能把妳當成我的嫂嫂！」

一時之間，聲音都靜止了。華突然露出憂傷表情，瞬間又立刻轉變。

氣得吊高雙眼的華把力量集中在手上，接著做出壓縮過後力量濃密的團塊。

人眼雖然看不見，但只要是術者都能感受到。華把聚集在手掌心上的團塊用力丟出去。

「你給我去死！」

「別殺他、別殺他！」

朔慌慌張張回應。

華丟出的力量團塊直接打在望身上，將他打飛。

「噗啊！」

望的身體重重打上地面，接著一動也不動。

朔和朔的母親立刻變了臉色。

「望！」

朔的母親驚聲尖叫，向望飛奔。

仔細觀察他的狀況，發現他只是昏過去而已。

另一方面，華可是神清氣爽，反擊真是令人心情愉快。

但是，朔的拳頭往華頭上招呼過去。

「很痛！朔，你幹嘛啦！」

「妳做過頭了。」

「明明是你說我可以把他打個半死的。」

「啊～我確實說過。」

朔似乎相當後悔自己說出口的話。

但多虧華盡情大鬧一場，傭人們看華的眼神確實改變了。

❀❀❀

「哇靠，又來了。」

在居民通報下前來的警察，看見眼前的光景也不禁想要遮住眼睛。

「這已經是第幾起了啊？」

另一個警察皺起臉之後，對著那個雙手合十。

最近在這一帶，頻繁傳出殺傷動物的事件。

還沒有找到凶手，凶手專挑人煙稀少的地方犯案，讓案情陷入膠著。

這一次也是在沒有人的小公園裡，發現好幾具被殘殺的犬隻屍體。

「我很喜歡狗，實在無法理解做這種事的人在想什麼。」

「真是太可憐了，其中好像也有拴在門外的家犬被帶走的，這幾隻狗或許就是報警通報失蹤的狗。」

凶手甚至特地去偷別人家的家犬來犯案。

其中也確認了有狗以外的動物受害，但尚未判定是同一個凶手的犯行。

「真希望能快點找到凶手。」

「就是說啊。」

在警察處理完屍體離開之後，有什麼黑色的東西緩緩地搖動著。

『太可憐了，過來這邊……』

❀❀❀

因為和望之間的紛擾而錯過早餐，在那之後的午餐，當華和朔坐在位置上等待時，朔的母親走進房裡。

狂妄的望沒有和她一起。

「望怎樣了呢？」

「醒來了，但他說不想吃午餐。」

「這樣啊。」

聽著朔與母親之間的對話，華得意地小聲說：

「鬧彆扭了啊。」

說完後，立刻遭受朔輕輕的手刀攻擊。

「妳可別在望面前這樣說。」

「我知道啦，得要溫柔對待小朋友才行嘛～」

「就說了，妳別這樣對他說話！」

朔的手刀再次朝華砍下，但華這次閃開了。

就在他們如此互動中，傭人陸陸續續端來料理，走進房裡。

十和也在其中，她一如往常、滿臉笑容地把碗擺在華面前。

「華夫人，聽說您今天早上相當活躍呢。我沒有看見，真是太可惜了。」

「啊～如果是這樣，我待會兒拿影片給妳看。」

「喂，妳什麼時候拍的？」

彷彿表示「這可不能當沒聽見」，朔立刻插嘴。

「雅似乎拿我的手機拍下來了，她說以後要拿來當笑話。」

「拜託妳千萬別這樣做。」

「才・不・要！」

華用最棒的笑容拒絕，朔抱頭苦惱。

「果然如身邊的人所言，我選錯妻子了？」

「事到如今還說什麼啊，雅～把妳拍的影片拿給我看。」

華朝著空無一人的地方一喊，雅突然現身，把手機輕輕擺在華手邊。

「主子大人，請。」

華和朔泰然自若，但室內瞬間騷動起來。

這也是當然，突然有個人現身，當然讓人驚訝。

而且這還不是朔的式神，而是未曾見過的人。

「那、那個，華夫人，請問這位是？」

十和邊不停地偷覷雅，相當躊躇地開口問。

「她是我的式神雅。」

「我名叫雅。」

雅優雅地跪坐下來，用漂亮的姿勢朝十和鞠躬。

「好說好說，我是十和。」

看見兩人互相鞠躬的畫面，彷彿像雅要嫁進來一樣。

「妳有人型式神？」

一瞬間還反應不過來是誰說話，但立刻知道是朔的母親，華慌慌張張回話：

「對，沒錯。」

「我先說了，可不只一個。」

葵也如此說著現出身影，朔的母親嚇得瞪大眼。

「這個是葵，梓羽、雅和葵，他們就是我的式神。」

「有三個式神……」

「其中兩個還是人型……」

傭人們也停下手邊工作竊竊私語，朔的母親啞口無言。

看來似乎相當震驚。

她大概沒想過華竟是有如此高強能力的術者。

「妳有這般強大的力量，為什麼不讓身邊的人知道？妳不是總被拿來和姊姊比較，一直被視為無能之人嗎？只要讓人看見妳的式神，就能瞬間扭轉身邊人對妳的評價了啊。」

「啊啊，因為太麻煩了。」

「太、太麻煩了……？」

朔的母親彷彿大受衝擊。

但華希望她能明白也有不同的想法。

「我很清楚，一直以來覺得我無能、只是姊姊殘渣而輕蔑我的人，在得知我有力量之後，絕對會翻臉前來吹捧。但被那種人誇獎，我也不會感到絲毫喜悅。反過來，把我當成術者、對我有所期待，也讓我感到很麻煩。」

「那妳又為什麼現在要讓人看見妳的實力？」

「因為有朔，他答應我，在我展現實力後引來的所有麻煩事，他都會替我解決。若非如此，我現在還會是那個無能的妹妹。」

「……這樣啊。」

錯過早餐的華肚子很餓，她很想快點吃飯，但這難以動筷的氣氛令她傷腦筋。

在這之中，朔露出「幹得太好了」的表情，對母親說：

「母親，對於我娶華為妻這件事，您應該不再有異議了吧？」

朔的母親一時語塞，突然別開視線，看起來像有點鬧彆扭。

「……沒辦法了。」

這是朔的母親第一次接納華的瞬間。

朔開心地胡亂搓揉華的頭，他母親直盯著這一幕，喃喃說了一句：

「或許是第一次看見你這種表情呢，朔。」

「什麼？」

「我說，你在她面前表情真豐富。你從小就是個小大人，無論何時發生什麼事都面不改色。」

朔的母親輕輕嘆氣。

「是她改變了你啊。」

正當朔想回答什麼時，有人的肚子大聲咕嚕咕嚕叫。

所有人的視線全轉向華的肚子。

「……可以吃飯了嗎？」

華也只能「欸嘿」一笑掩飾害臊。

真痛恨自己的肚子不懂得看氣氛。

彷彿要改變現場的氣氛，十和的笑聲響起。

「呵呵呵呵，看來華夫人的肚子已經到極限了。那麼那麼，少爺和家主夫人也請用餐吧。」

「十和，接下來別再喊我家主夫人了，這個稱謂，應該要在喊朔的妻子華時使用才對。」

聽見朔的母親說出這句話，十和開心地微笑。

「我明白了，美櫻夫人。」

直到此時，華終於得知她的名字了。

那天晚上在寢室裡，朔又張設結界將式神們擋在門外後，突然向華道歉。

「今天望的事，我真的對妳感到很抱歉。」

「那點小孩子鬧彆扭的事情常有啦，我沒放在心上。」

「鬧彆扭啊。」

朔呵呵輕笑。

「在妳看來，妳覺得望的能力如何？」

「和你相比起來，實在弱小許多。」

華邊想著和朔相比有點可憐，但果然還是只能下此判斷。

「是啊，所以對我繼任家主一事，沒有任何人有異議。」

由此可知朔與望的能力有極大差距。

就算考量望接下來還會成長，他仍然遠遠無法追趕上朔，連第一次見面的華也如此感受。

「但是，正因為如此讓我感到心痛。」

朔似乎不太理解華這句話的意思。

「和優秀的兄弟姊妹相比，其實心理壓力很大的。我想，你應該沒有被拿來和其他人比較，因此感到自卑的經驗吧？」

「的確如此。」

「那種想嚇唬周遭人的態度，應該也是他拚命表現出的虛張聲勢吧？」

「妳還真清楚耶。」

「從出生起，我就一直被拿來和葉月比較到現在，這些經驗可不是白費的呢。」

其實華很希望能得到雙親的支持，但就連他們也把華與葉月相比，並且斥責她無能。

這種過程中造成的心理創傷，不可能這麼簡單就消失。

一想到望或許也有和自己類似的經歷，就禁不住同情他。

「為什麼每個人都想把人和別人比較呢……」

華就是華，葉月就是葉月啊，但身邊的人卻不願如此認為。

「希望有人看著自己」，連這理所當然的願望也不被允許。

事到如今，說這種話也無濟於事——就在華如此想著時，朔突然從她身後緊緊擁抱她。

「幹嘛？」

「沒有，只是覺得妳看起來很寂寞。」

「那什麼啦，你眼睛不太好喔。」

「或許如此……」

華抱怨著，卻也沒有從朔的懷中掙脫。

反而像將自己交付出去般，靠在朔身上。

在那之後，朔也沒再多說一句話。

華只是靜靜地被朔緊擁在懷中，從朔身上傳來的體溫，讓華的心情平靜了下來。

隔天晚上，朔帶著華來到離主屋相當遠的地方。

雖然同在本家腹地內，但感覺從主屋到這邊，走了相當長的一段距離。

這讓華重新感受本家腹地有多廣大。

站在比朔身高還高大的岩石面前，華拉拉朔的衣袖。

「欸，朔，這是哪裡？為什麼要在深夜前來，而且還不能帶梓羽他們啊？」

「已經得到母親的認同了，現在希望妳完成原本該達成的使命。」

「……是什麼啊？」

朔立刻朝華額頭彈指。

「啊好痛！」

「要讓結界變得完整啊。」

「對耶。」

華絕非忘了這件事，只是因為一直沒提到結界的事情，不小心被她趕到腦袋角落而已。

「這是只有家主才知曉的地方。」

原本以為是一塊巨石，仔細一看，才發現有五塊巨石等距離擺放。朔用掌心碰觸其中一塊，五塊岩石發出藍色的光線，連結起來。

才想著畫出一個五芒星了呢，五塊岩石中心的地板緩緩變動，出現一個朝地下延伸的階梯。

華嚇得目瞪口呆，朔朝她伸出手。

「牽好我，千萬別放開，只要一放開，家主以外的人就會被彈開。」

「唔、嗯。」

華慌慌張張地用力握住朔的手。

接著，在昏暗的階梯慢慢朝下走。

裡頭沒有火光也沒有電燈，但因為有神祕的藍色光線，視線良好。

樓梯十分狹窄，和朔並排而行，甚至會撞到彼此的肩膀。

走了一段時間，終於看見階梯的盡頭，來到如大廳般寬敞之處。

接著看見前方有個大洞。

朔拉著華的手，毫不遲疑地往前進，華也跟著一起走進大洞，看見水晶般透明的石柱，立在寬敞空間的中心。

發出藍光的石柱，也散發出讓華全身寒毛直豎的強大力量。

石柱周圍，有一眼可知的強大結界保護著。

「朔，這該不會就是……」

「是支撐這國家的五大柱石之一，我一之宮家自古以來代代守護至今的東西。」

支撐國家的柱石。

其存在對於出生於術者家庭的人來說，大概從有記憶起就聽到耳朵都要長繭了吧？

是妖魔下手的目標，也是術者們無論如何都要守護好的，這國家的支柱。

但就算聽過傳聞，也從沒聽過實際上見過其存在的人談論。

即使身為術者，也無從得知柱石所在的地點，這是被嚴縝管理的重大機密。

「沒想到竟然位於本家地底下……」

華在親眼所見的此時，仍有種難以置信的感覺。

「這裡是只有家主，以及和家主共同輸送力量給結界的女性才知道的地方。現在除了我之外，只有我的雙親知道，絕對不能外傳。就連本家嫡系的望也無從得知。」

華嚇到一句話也說不出來，只能頻頻點頭。

她理解特地把式神們放下的理由了，這大概連式神都得隱瞞。

「妳看得出來嗎？包圍柱石的結界有些許破綻。」

朔說著指出破綻處。

只看第一眼會覺得這是相當強大的結界，但定睛凝視後發現，除了朔手指的地方外，結界四處都有相對比較薄弱的地方。

「嗯。」

「這是因為在家主換代後，由不同於前者的人輸送力量給結界，和先前力量無法融合、互相排斥，無可避免地出現破綻狀況。此時柱石的力量會向外漏出，妖魔們也會隨之反應而變得活躍。」

「這樣啊。」

「所以繼任家主的人，得要盡早把這個結界染上自己的力量，讓結界變得完整。」

「因此需要女性屬陰的力量對吧？」

「正是如此。」

這是華嫁給朔為妻的最主要理由。

「我該怎麼做？」

聽到華一問，朔咧嘴露出富含深意的微笑，華有種不太好的預感。

「結界可以靠家主的力量維持，但為了做到這點，得先借助他人的力量，妳不覺得有點矛盾嗎？」

「是啊，確實矛盾。」

家主換代後，換成了另一個人的力量而造成結界出現破綻；而為了重新使結界變得完整，就需要男女雙方的力量，但這也是兩股不同的力量。

不禁產生「華的力量不會妨礙朔的力量嗎？」的疑問。

「兩個人的力量不同，但我們的祖先將兩人的力量變得相似後，解決了這個問題。」

「要怎麼做？」

「很簡單，圓房即可。」

「圓！」

這驚人的回答讓華紅了一張臉，嘴巴只能不停張闔。

「無法無法無法無法無法無法！」

「妳別這樣使出全力拒絕啊，我也會受傷耶。」

「這還用說！」

話說回來，這只是契約婚姻，不能和戀愛結婚相提並論。

要為了結界圓房，華絕對辦不到。

華瞬間想和朔保持距離，但反過來被他拉近，手還環上她的腰。

朔的另一隻手貼上華的臉頰，拇指輕撫她的唇。

「和我有什麼不滿嗎？」

「什、什……」

被朔帶著熱意的認真眼神凝視，這遠超越華的負荷，她不知所措。

朔緊緊抱住華。

「朔朔朔、朔！」

心臟撲通亂跳，華不知該如何應對才好。就在「該怎麼辦、該怎麼辦」的想法不停在腦海中打轉時，華突然發現朔的身體微微顫抖。

理解其中緣由的華，瞬間冷靜下來。

「朔，你在偷笑對不對！」

彷彿已經無法繼續忍受，朔瞬間噴笑。

「哈哈哈，我肚子好痛……」

「你就這樣因為肚子痛而痛苦掙扎吧！」

「對不起啦，我向妳道歉，別生氣了。」

「可以請你笑完了再道歉嗎？」

朔仍不停顫抖著身體忍笑，華眼神兇惡地瞪著他。

「我沒想到妳反應會這麼激烈，但說起來，妳連初吻的對象也是我。」

臉因為害臊染得更紅的華，踩上朔的腳之後還不停施力。

「喂，別這樣。」

「全都是你不好！」

必須讓他更深刻體認到華感到多麼害臊，千萬別以為只是踩一腳就能一筆勾銷。

「但我沒有說謊，實際上以前就是透過這種方法輸送力量給結界。因為夫妻在肌膚相親之後，力量的性質會趨為相近。」

「你說以前，那現在不同嗎？」

「是啊，術法也是日新月異，因為這樣，能輔佐家主的人不再僅限於伴侶，我先前對妳說過吧？也有姊妹輔助的例子。」

「如果是姊妹，按照以前的方法確實會出問題。」

「就是如此。」

得知不需要圓房也沒問題後，華打從心底鬆了一口氣。

「見妳如此明顯安心下來，讓我心情有點複雜……」

朔露出難以言喻的表情，但華視而不見。

「那要怎麼做？」

「妳有把力量讓渡給他人的經驗嗎？」

「我在力量覺醒的同時，曾經把力量給梓羽過，和那個相同？」

「沒錯，要領是一樣的。如果有經驗那就沒有問題，妳就這樣牽著我的手，同時把力量傳給我。」

「只要這樣做就好了嗎？」

「我收到妳的力量之後，會轉換成自己的力量再傳送到結界上，妳什麼都不用做。」

「我知道了。」

維持和華牽著手的狀態，朔碰觸守護柱石的結界。

「好了，先一點一點傳送過來。」

「嗯。」

華有點緊張，慢慢地把力量傳送給朔。

一開始，朔的身體一瞬間震了一下，但看來毫無問題地傳送過去了。

華也沒有力量該如何轉換的知識，但這似乎需要耗費不少勞力，朔的表情越變越嚴肅。

「妳可以再傳送多一點力量。」

「沒問題嗎？」

「沒問題。」

朔看起來已經快到極限，但華仍照他指示傳送更多的力量。

華的力量緩緩地傳送給朔，朔接著將兩人份的力量傳送到結界上。

到底經過多長的時間了呢？

朔的額頭開始冒汗，由此可知這是相當辛苦的工作。

而華只能持續傳送力量給朔。

即使如此，成果確實以眼睛可見的形式展現出來。

從整體看起來只是微不足道的變化，但原本充滿破綻的結界比一開始更加強化了。

華無聲地面露喜色時，朔的手離開結界當場跌坐在地。

華慌張張停止傳送。

「朔，你還好嗎？」

「還好……沒有問題，先別說我，妳還好嗎？應該消耗了不少力量吧。」

「完全沒問題。」

華泰然自若地豎起大拇指。

「妳的力量超乎我的想像。」

朔對華的力量感到驚訝的同時也看起來很痛苦，但過了一會兒漸漸緩過來。

「真的沒事嗎？」

「因為是第一次，邊轉換力量的同時也得要千萬小心結界，比我想像的來得累人。習慣後就沒問題了，如果妳沒事，我們接下來每天都要做。」

「我知道了，沒問題。」

和華不同，朔筋疲力盡地擦拭額頭汗水。

華抱著不可思議的心情看著他。

雖然是一之宮分家的人，但華在此之前過著與一之宮本家毫無關聯的生活。

如果沒在那個公園碰到朔，她肯定也沒機會在此目睹這一切。

根本沒想到，朔在自己不知情的地方，如此拚命地保護著國家。

他還這麼年輕，已經背負起國家命運的重擔。

在這重任之中，朔沒對任何人抱怨，只是默默地完成自己的使命。

如此一想，華自然而然伸出手摸摸朔的頭。

「妳這隻手幹嘛啊？」

朔露出詫異的表情。

「嗯～鼓勵？類似『辛苦你了』之類的？」

「為什麼是問號？」

「總覺得啊，看你這樣讓我對自己感到羞愧起來。」

「怎麼突然說這個？」

朔困惑不解。

華毫無預兆地說出這種話，朔這反應或許也是理所當然。

「我在力量覺醒後，一直隱瞞自己的力量對吧？討厭麻煩事，不想以術者身分活下去，只要別牽扯到我身上，我連妖魔也視而不見。雖然我現在也沒打算要改變這種想法，但你還這麼年輕就背負如此重任，如此汗流浹背、拚命地想守護許多東西，我對你感到純粹的尊敬。」

看見朔之後，華被迫察覺。

朔背負著多麼沉重的東西站在這裡。

「你的責任感肯定很強。年紀明明和我相差不遠，卻已經當上家主，背負許多東西。我很擔心你，擔心你會不會連沒必要的東西也一肩扛起，然後因此倒下。有責任感是件好事，但你別全自己一個人承擔，如果有像這次一樣能讓我幫上忙的事情，我也會幫忙的。如果可以稍微減輕你的重擔，就請分給我……嗯，那個，我們姑且……是夫妻嘛……雖然只是暫時的。」

從自己口中說出「夫妻」真有點害羞，華完全無法直視著朔。

「……」

朔驚訝地定睛注視著華。

「朔？」

華在沒有反應的朔面前揮揮手，手突然被朔用力一拉緊擁入懷。

「咦？朔？」

「妳真的是……」

「什麼？朔？喂～」

因為朔抱得很緊，兩人身體緊密貼合，華看不見朔的表情。

但擁抱華的手臂強而有力，華從中感受到什麼，所以絲毫不抵抗。

朔過了一會兒才放開華，露出至今不曾見過的溫柔沉穩表情，令人無法別開視線。

「妳真是個笨蛋。」

朔的聲音充滿慈愛，華想不出一句反駁的話。

「是妳自己斬斷退路的啊。」

「什麼意思？」

「就是要妳做好覺悟。」

華完全聽不懂朔在說什麼而歪過頭。

「華，我們回去吧。」

朔呼喊華的聲音，總覺得包含著些許寵溺。

第四章

自從華在與望的對決中發揮實力後，周遭人的態度明顯變得不同。

傭人們不再在背後閒言閒語，讓葵的心情變得非常好。

而朔的母親——美櫻，也不再對華冷嘲熱諷，華終於得到平靜的生活了。

只不過，每次見到對決中被打得落花流水的望時，望都會狠狠瞪她。

雖然望會來用餐的房間，四個人一起用餐，但他從來不曾主動和華說話。

但華當然沒忘記望找她碴的事情，她會不懷好意地笑著挑釁望，看著望努力視而不見卻氣到身體發抖的反應，樂在其中。

不過要是做得太過火，一旁的朔就會手刀制裁她，所以抓好分寸非常重要。

就在某天，華不小心看到了。

望蹲坐在空無一人的庭院角落。

華很好奇他在幹嘛，於是躲在建築物後面偷看。

「紅蓮，你覺得我該怎麼辦才好？」

看來他似乎在和自己的式神老鷹紅蓮說話。

「我只是因為哥哥娶妻子，想和對方打個招呼而已。是那個大哥耶，創下最年輕取得漆黑的紀錄，又強又帥又聰明，完美無缺的那個哥哥選擇的人耶，絕對是個很出色的人。但是啊，我一想到對象竟然是那個劣等生，就覺得哥哥可以有更好的對象吧？然後嘴巴就不受我控制，當我發現『啊，糟糕了』時已經來不及了……我想道歉，但現在也說不出口，說了那麼過分的話，到底該怎麼辦才好？哥哥是不是討厭我了？要是他說他不要我這種弟弟……紅蓮，我要怎麼辦！要是哥哥討厭我，我就活不下去了！」

華小心不發出聲響，悄悄地離開。

「我覺得我好像看到不該看的東西了……」

正當華雙手環胸，煩惱地「唔嗯」呻吟著在走廊上前進時，美櫻正好從她前面經過。

「華，妳怎麼啦？」

「沒有，沒什麼，不是什麼需要朔的母親您煩心的事情。」

怎麼可能老實說出「原來妳兒子是隱性兄控耶」。

「那個，妳可以別再那樣了嗎？」

「哪樣？」

華不懂美櫻話中之意，不禁歪過頭。

「別喊我『朔的母親』，喊我『母親』就好。我不只是朔的母親，也已經是妳的母親了。」

美櫻臉頰微微染紅，彆扭地別過頭去快步離開。

不管是望還是美櫻，該怎麼說呢……

「朔，傲嬌是你們家的人的基本配備嗎？」

「妳在說什麼？」

朔正好經過華身邊，華如此一問，朔用可疑的眼神看著華。

❀❀❀

「你你你到底是什麼鬼啊！是從哪裡來的！」

『你必須接受制裁。』

「咿，說話了……」

那黑色物體如同追捕獵物般步步逼近，接著發動攻擊。

「呀啊啊啊啊！」

恢復寧靜後，現場只留下一具再也說不出話來的屍體。

『首先是第一個人。』

深沉、深沉的黑暗中，那東西從某公寓的一間房中消失身影。

❀❀❀

在許多事情塵埃落定後，終於來到重新恢復上學的日子了。

一直以來走路上學的華，被美櫻得知她這天也想一如往常地走去學校後，便遭到美櫻斥責。

「身為家主夫人，徒步上學也太不像話了。」要她搭車去上學，於是乎，華第一次搭車上學去。

下車的瞬間，華成為萬眾矚目的焦點。

在黑曜學校中，也有許多出席華和朔的婚禮儀式的，一之宮分家的孩子就讀。

事情大概已從這些人口中，傳到其他學生耳中了吧？

華原本就因為「葉月的無能妹妹」而聞名，但現在她出名到連先前不認識她的人也全認識她了。

視線有如暴風雨般從四面八方射來。

「那件事情是真的嗎？」

「開玩笑的吧？因為她可是一直被稱為『姊姊的殘渣』耶。」

「但一之宮分家的人說去參加婚禮儀式了啊。」

「如果那是真的，那一之宮應該也完蛋了吧？竟然迎娶那種人。」

聽到大家如此竊竊私語，華感到非常不自在。

但華原本就常聽到大家閒言閒語，就在她轉念「只是內容有點改變而已」後，立刻變得無所謂。

「謠言也只是暫時的嘛。」

華毫不在意地朝自己的教室走去。

才一走進教室，立刻遭到玲突襲。

「華華，到底怎麼一回事！為什麼為什麼？妳是何時和一之宮家主之間有那種關係的啊！我完全沒聽說耶～」

平常軟嫩氛圍的鈴消失無蹤，現在的她如獵人般眼露凶光，有點恐怖……

「鈴，妳冷靜點。」

但這句話當然不可能讓鈴冷靜下來。

「怎麼可能有辦法冷靜！華華，那個華華竟然在我不知道的時候變成人妻了耶，完全沒跟身為好友的我商量！我可是有好好報告我交男朋友的耶。」

那個華華到底是哪個華華？雖然有點好奇，但還是不追究。

「唔、嗯，這點我真的覺得很抱歉，但或許該說連找妳商量的時間也沒有……」

「告訴我到底發生什麼事了！」

「好……」

總之先到自己的座位放下書包，開始說明。

華也發現很多同學雖然努力不看她們兩人，但其實很想像鈴一樣逼問華，充滿好奇心地偷聽華說話。

但與其每每有人問都得重新解釋，像這樣對著眾多觀眾，她之後也不需要重複說明，所以華刻意選在教室裡說。

華完全沒有提到和朔之間的契約，只是很普通的解釋他們兩人在公園邂逅，朔在那之後熱烈地向華求婚，因為朔的條件很好，華就接受了。

雖然覺得說得太簡潔，但因為不能提到和柱石有關的事情，所以怎樣都會讓答案變得很簡單。

只不過，這似乎造成鈴諸多誤解，她的眼神變得閃閃發亮。

「這也就是說，家主大人對妳一見鍾情囉？」

「一見鍾情？……嗯，大概，就是那樣吧？」

某種意義上也算一見鍾情，鍾情對象是華的「力量」就是了。

「哇啊，好棒喔！但真虧本家的人允許妳和家主大人結婚耶。」

「是啊，朔的母親一開始也很反對，但現在已經認同了。因為太過匆忙，我也不清楚母親的心情，但最後可以被她接納真是太好了。」

「就算遭到家人反對，家主大人也想娶妳為妻啊。」

鈴心醉神迷，滿心喜悅。

鈴現在肯定浮現粉紅少女心的想像，但很遺憾，華和朔之間只有商業關係。

只要結界變得完整後，就會解除婚姻，是用這般脆弱的線索聯繫起來的關係。

但像這樣眾所皆知嫁給家主的華，離婚後該如何是好呢？

要是離婚，感覺也會引起很大的騷動，讓華不禁擔心起朔到底有沒有慎重考慮這方面的事。

而且，現在還由華親自創造出全新的話題。

太奇怪了。

連華也搞不懂為什麼會變成這樣。

她原本只是想說利害關係一致，但將得保密的事情隱瞞起來後，就變成了朔對華一見鍾情、追求她與她結婚，這樣跟戀愛結婚沒兩樣的內容。

要是這傳開來，感覺之後會被朔痛罵一頓耶。

華突然覺得後悔，選擇在教室裡說或許是個失誤？但為時已晚。

現在的對話已確實被同班同學們聽光了。

你看看，這如同偶像劇般的戲劇性故事，讓喜歡這類故事的女同學們和鈴一樣，多麼興奮啊？

聽到有人說「簡直就是現代版的《灰姑娘》啊」，才不是這樣啊，華也慌張起來：

「鈴，妳可能有點誤會了。我和朔雖然是那樣認識的，但我們是因為家族的因素才決定結婚，彼此絕對沒有戀愛的感情。」

如果不特別強調，離婚時華就會變成被拋棄的可憐女人，所以華拚命地解釋。

但誤會一但出現，可是很難糾正過來的。

「華華，妳別擔心，我很明白。如果妳不這樣說，身邊其他女人的嫉妒可是很恐怖的。」

「什麼？不對不對，真的不是啊，鈴。」

「討厭，華華妳真是的。就算不在意那種事情，妳都已經是家主之妻了，光明正大、抬頭挺胸就好了啦！」

「不對，妳不明白！」

「我明白啦，別擔心。」

滿臉燦笑的鈴完全誤會了。

只不過，只要鈴一度認為是那樣，就無法改變她的想法。

就在聊著這些話時，老師走進教室而中斷話題；上課期間，華不停煩惱著到底該怎麼說明才好。

接著，每到下課時間，華都去找鈴說話卻仍無法解開誤會；不僅如此，到了午休時，不知為何謠言已經從「朔對華一見鍾情」演變成「因為華無能而遭到雙方家族反對，這對情侶於是強行結婚」這種羅密歐與茱麗葉的劇情，還傳開來了。

「不不，這傳話遊戲是怎麼傳的啊？」

前往餐廳途中，還有幾個不認識的學生說著「我會支持妳的！」，邊擦淚邊替華加油，華對此也只能抱頭苦惱。

這真的會被朔痛罵啦！

出現這種謠言，會不會變得很難離婚啊？

「怎麼辦……」

不管走到哪都能聽到謠言，出自於悲戀的幸福結局，比起批判華成為家主伴侶這件事還要更受歡迎。

果然不管哪個時代，《灰姑娘》的故事都深受萬人歡迎呢……讓人不禁產生這種想法。

如果只是單純的灰姑娘，同樣以朔為目標的女人肯定會吹起嫉妒暴風雨，但在加入悲戀要素後，起了超越華想像的化學反應。

反而讓她變得很不自在。

「嗚姆。」

「華華，妳有煩惱啊？」

「有點～」

華雙手環胸，邊煩惱邊和鈴一起走在走廊上，突然有女學生三人組擋住兩人去路。

她們似乎是A班學生，以前曾看過她們和葉月在一起。

而且如果華沒記錯，她們也是一之宮分家的小孩。

「什麼事？」

「請妳認清自己的本分，如何？」

「看妳似乎很囂張，妳難道不知道，妳這種人冠上一之宮家的姓氏，只是恬不知恥嗎？」

這還真是毫不掩飾的諷刺呢。

華都忍不住想淚流滿面抱住她們了。

因為她們可是做出華希冀反應的珍貴存在啊。

也是，身為一之宮分家的女孩，她們應該也以朔為目標，對華抱有敵意也理所當然。

她們也沒想到搶下寶座的會是以無能聞名的華吧？如果是葉月被選上，她們應該也能接受。

她們充滿怨恨地瞪著華。

「現在似乎流傳起奇怪的謠言，家主大人怎麼可能會愛上妳這種人！」

「就是這樣，這其中肯定有無可奈何的理由。」

提出反駁的不是華而是鈴。

「才沒那回事！家主大人可是愛著華華的！」

氣紅一張臉並大聲反駁的鈴是替朋友著想的溫柔女孩，但很遺憾，其實來找碴的三人組所說的話才正確。

「妳是怎樣，外人給我們閉嘴！」

「妳們也是外人啊！」

「鈴，別這樣……」

鈴比平常更好戰的態度，讓華不知所措。

「別因為自己沒被家主大人選上就嫉妒別人啊！」

這句話狠狠刺中她們的痛處。

其中一人脹紅一張臉、氣得全身發抖，接著用力撞飛鈴。

「鈴！」

鈴在走廊上倒下，華急忙跑到她身邊查看她的狀況。

「鈴，還好嗎！」

「嗯……」

見她沒受傷就放心了，但看她吃痛地搓揉自己的手，華沒辦法悠哉以對。

她狠狠地回瞪三人組。

華步步走近對三人施壓，把鈴撞飛的女生有點畏縮，仍不肯認輸地強勢回應。

「幹、幹嘛啦！」

「向鈴道歉。」

華忍下憤怒，平靜地要求，但對方不情願地反駁：

「什麼？為什麼我非得做那種事情不可？」

「當然因為撞飛鈴的人是妳啊！」

「有錯的是明明是外人卻來插嘴的她吧？我才沒有錯。」

華眼神冰冷地看著惱羞成怒的她。

「這樣啊，如果妳是這麼打算，那麼就做好覺悟吧。」

「妳什麼意思。」

華露出超乎尋常的惡毒笑容。

「妳們是一之宮分家的人，對吧？那麼，我只能把妳們的行為告訴朔了。包含妳們對我的惡言惡語在內，我會把這當成妳們反抗家主之妻的行為，向朔說明。朔會怎麼處理呢？還真是令人期待呢！」

華一說完，她們明顯變了臉色。

「什麼！」

「太卑鄙了！」

看見她們心緒不寧的反應，華在心中大笑，繼續說：

「妳們在緊張什麼？妳們說朔一點也不愛我，對吧？妳們可以等著看熱鬧，反正他不可能聽我這種女人說的話嘛！」

華拋下這句話之後，拉著鈴的手離開。

雖然有說完就跑的感覺，但沒必要繼續聽她們說話。

「華華，妳說那種話沒關係嗎？」

鈴很擔心，華隨隨便便把家主的名字搬出來，真的沒問題嗎。

對分家來說，本家家主是高高在上的存在，一般來說當然不敢拿事情勞煩家主。

但華絲毫不在意就是了。

因為高高在上的家主就是朔，這幾天日夜相伴，華知道朔不是心胸狹隘的男人，不會因為這點小事生氣。

華反而從彼此可以百無禁忌、想說什麼就說什麼的相處中，感覺到朔是個很隨和的人。

老實說，和朔的距離或許比家人還近。

正因為朔這樣，華也能不客氣地把麻煩事全推到他身上。

「沒問題，早就預料會有人來說這種話，朔也會想辦法處理吧！我只要狐假虎威、大大方方地往前走就對了。」

只要明白「對華做了什麼就會引來一之宮家主出面」，也不會有人再對華閒言閒語或找她麻煩了吧？

這麼一想，現在在學校內蔚為話題的羅密歐茱麗葉謠言，或許會帶給華正面的效益。

而且話說回來，說要結婚的人是朔，如果他不做些努力維持華的安穩生活，可就困擾了呢。

最終的目標，是悠閒優雅的老後生活。

「這樣啊，妳真是倍受寵愛耶！這樣一來，我就可以和妳聊戀愛話題了，好開心喔。」

鈴天真無邪地笑著，但很抱歉，華和朔之間沒有戀愛話題可聊。因此，華含糊帶過朔的事情，只聽鈴說話。

「我下次要和雄雄一起去購物中心喔，是雄雄約我的，然後啊……」

面對鈴無法結束的曬恩愛，華一邊「這樣啊」應和一邊笑。

❀❀❀

當華在學校成為謠言主角之時，朔來到某棟公寓的一間房中。

門口站著警察管制人員，但朔出示象徵五色的漆黑項鍊後，立刻被請入室內。

一走進玄關，馬上聞到刺激鼻腔的鐵鏽味。

再更往內走進房內，裡頭呈現一片血海。

甚至連牆壁和天花板都噴濺紅黑色血跡，地板也全被血染溼，讓人不知該立足於何處才好。

在房內調查的刑警發現朔之後，走了過來。

「一之宮的家主先生，勞煩您了。」

「這不只是單純的事件吧？」

「沒錯。」

身為非警方人員的朔會被找來，也就是這個意思。

當發生科學無法說明的神祕事件時，警方也會請求術者協助。

碰到這類可疑事件時，會先下達封口令，首先出動協會的初步調查小組，判斷是否為需要術者處理的案件。

媒體大多也是包含一之宮家在內、五大家族集團旗下的公司，當判斷警方無法處理，必須交由術者應對時，也容易限制媒體報導。

「首先請您看一下遺體。」

刑警拉開蓋在房內中央的藍色塑膠布，年輕男性慘不忍睹的遺體維持著被發現時的狀況，未曾移動。

「死因是失血過多，脖子上的傷口是致命傷。」

「一隻手、一隻腳不見了。」

身為五色術者，見過不少場面的朔看見遺體的慘狀，眉毛連動也沒動一下。眼神冷靜地確認可疑的點。

刑警稍微皺眉，轉達現在已知的資訊。

「脖子上的傷似乎是野獸的咬傷，手腳也有彷彿遭到啃咬撕裂的傷痕。但這戶人家沒養動物，更別說是可以咬斷人手腳的大型動物，很難想像有這種動物在都市中橫行。」

「原來如此。」

短短回應後，朔蹲下來，靠近遺體觀察。

朔在意的是那個傷痕。

「我從中感覺到不祥的力量，而且還很強大，但這力量又與妖魔有所不同。」

「也就是說，這是術者的管轄範圍嗎？」

「就是如此，而且還是相當棘手的案件。初步調查小組也是如此認為，才會特地把忙碌的我找來吧？」

朔「嘖」一聲砸嘴。

柱石結界尚未完整，這種時候竟然發生必須出動五色術者的事件，真是出乎意料。

雖然很想以結界為優先，把這工作交給其他人，但漆黑等級的五色術者人數十分稀少。

而每個人皆負責著各自的案件，這地區現在能行動的只有朔一人。

交給下面等級的術者，一個不小心擴大受害，反而賠了夫人又折兵，朔非得親自行動不可。

無可奈何，朔只好開始調查；幾天後，又再次發生相同事件。

同樣遭動物啃咬撕裂的遺體，在公園裡被人發現。

而且這次還有目擊者。

似乎是被害者和朋友一起在公園裡喝酒時，遭到攻擊。

朔隔天早上立刻去見目擊者。見面時，那位被害者的男性友人嚇得直發抖。

這也難免，他可是親眼看見朋友慘遭殺害。

面對現在仍感到恐懼的男性，朔盡可能放柔語調。

「發生什麼事了？」

「怪、怪物……」

男性白了一張臉，邊發抖邊開口說道。

「怪物?怎樣的怪物?」

「我在公園裡和朋友喝酒,然後那傢伙就突然出現。兩公尺……不對,有三公尺,超大隻的狗,怎麼可能會有那麼大的狗?但牠突然現身,然後朝我們攻擊。」

男性沒辦法繼續說更多,只是閉上嘴不停發抖。

朔判斷無法問出更多資訊、打算要離開時,男性突然抓住他。

「救救我!下一個就輪到我被殺了,那傢伙是這樣說的!」

「怎麼回事?」

「那個怪物說了『這樣就剩兩個人了,下一個是你。』……為什麼會變成這樣啊?早瀨那傢伙前陣子才剛死掉而已耶!」

「什麼?」

朔無法放過這句話。

早瀨就是前幾天被發現陳屍於公寓一室內的第一位被害者。

「你們互相認識嗎!」

朔大喊著抓住男性肩膀,男性有些畏怯地點點頭。

「對、對啊,他是常和我們混在一起的其中一人。」

第一個被害者和第二個被害者都遇到相同傷害,接著,預告將要殺害第三個人。

而這三人是朋友。

「原來不是隨機犯案啊……？」

而且包含這男人在內，敵人還打算對兩個人下手。

「理由是什麼？」

其中肯定有理由，有什麼共通點，不只如此，也得確認最後一個人的存在才行。

但不管怎麼問男性，他都只會回答「不清楚、不知道」。

朔放棄繼續問下去，讓椿跟著可能遭受攻擊的男性後，前往事件發生的公園。

公園裡充斥著朔也忍不住皺起眉頭的怨念。

只是一個人被殺，不可能如此驚人。

公園內禁止外人進入，還有幾位警官留下來調查。

朔開口喊了其中一人。

「我有件事想問，方便嗎？」

「什麼事情呢？」

「最近在這個公園裡，有沒有發生過不同於這次事件的其他問題？」

「其他問題？」

警察露出納悶的表情，努力思考有什麼事情。

在這之中，另一位警察想起了什麼，從旁插話：

「啊，前陣子是不是在這邊發現了犬屍啊？是這個公園對吧？」

聽到這句話，和朔說話的警察也回想起來：

「對耶，對耶，就是這個公園。」

「那是什麼事件？」

「前陣子在這個公園裡發現大量犬屍，每具屍體身上都有傷口，推測是人為犯案，目前應該還在調查中。我記得也有上新聞，最近這附近還真是常有這類事件啊。」

「這樣啊，感謝提供資訊。」

「不會，您別這麼說。」

警察朝朔敬禮，朔看了一眼後便轉身離開公園。

回到本家後，朔召集來其他術者整理的消息，就在此時，椿以一身衣衫襤褸的模樣回來。

朔慌慌張張跑過去。

「椿，妳還好嗎？發生什麼事了？」

「嗚～主人，對不起，我輸了啦。」

「妳保護的那傢伙怎麼了？」

「還沒死，但請在那傢伙回來之前，讓其他術者跟著……他……」

椿只留下這句話，接著倒下、消失了身影。

只要主人不死，式神就能無限再生。但如果磨耗到無法維持身影，就需要時間休養。

短時間內，椿沒辦法派上用場了。

但話說回來，對方竟然足以打敗椿，這超乎朔的預料。

不能放任擁有如此強大力量的存在不管。

「得和時間賽跑了。」

朔立刻打電話安排術者代替椿，只有一個人沒辦法取代椿，他調動幾個有實力的術者後，叫來傭人。

「你去把華找來。」

「遵命。」

聽到傭人通知的華立刻現身。

梓羽一如往常停在她頭髮上。

雖然平常壓抑著力量，但只要仔細觀察，有能力的人就能察覺華擁有強大的力量。

而且是連朔也不禁讚嘆的強大。

還真虧她可以隱瞞至今呢。不知是華隱瞞功力強大，還是她身邊的人太過無能。

朔認為兩者皆是。

但是連華的哥哥柳——擁有朔也無法更新的琉璃色最年輕紀錄的術者，也絲毫沒有發現，朔真心想說些什麼。

「為什麼連你也沒發現啊！」

但是柳幾乎不回家，或許可說情有可原吧？

而且老把工作推到柳身上的朔來抱怨這些，也很不講理。

朔絕對不是因為無法更新琉璃色最年輕紀錄而感到不甘心。

「朔，你叫我啊？」

「對，我有事要說。」

看見華在對面坐下後，朔開始說明。

近期發生的殺人事件，非人者牽扯其中的可能性，以及遭到攻擊的普通人。

「因為還有結界的事要忙，我想盡早解決，所以想要請妳幫忙協……」

「不要。」

朔話還沒說完，就先聽到拒絕的回應，沉默瞬間降臨。

朔努力說服自己「冷靜點、冷靜點」後，再次開口。

「只要有妳的力量，事件肯定能早點解決。」

「所以我說，我不要。」

第二次的拒絕讓朔的沸點超越極限。

「妳這傢伙，不久前還對我說過有能幫上忙的地方願意幫忙之類的話啊！」

「我說過嗎？」

看見華堅持裝不知情，朔的額頭爆出青筋。

真想讓看起來忘得一乾二淨的華把他當時的感動還來。

對華來說，那或許是一句別無深意、立刻就能拋到腦後的一句話吧。

但是，朔相當開心。

朔身為術者，也擁有大幅超越普通術者的強大力量，人人都想倚靠他，卻沒人對他說過「你可以依賴我」。

每個人都尊敬著他，同時認為他理當能辦到所有事情而不曾擔心他，華是第一個擔心他的人。

但現在卻……

「愛越深則恨越深」就是指這一回事吧，朔理解了第一次浮現的情緒。

「如果在合約上追加條件，如何？」

「追加什麼？」

「解決這個事件後，加一棟海景別墅給妳。」

華眼睛閃閃發亮，立刻改變態度。

「請務必讓我協助！」

「晚一點把合約拿過來，我加註變更事項。」

「遵命！」

朔就這樣取得華的協助。

❀❀❀

朔開口請華協助後，被別墅蒙蔽雙眼的華，想也沒想就決定幫忙。

雖然在那之後，被葵痛罵「您這個沒腦子的」。

但看見眼前追加上新事項的合約，華非常開心。

「這就可以了吧。」

「謝謝你！」

從朔手中接下寫好的合約，華沒仔細確認內容就折起來。

絲毫不知她往後將因此後悔。

接下來，為了要查案，朔帶著華外出。

雖然得去學校上課，但朔通知導師這是術者的工作，因而被視為公假。

聽到要查案，華還想著不知道要做些什麼，沒想到兩人只是不停在街上走來走去。

雖然有實力，但華還是第一次參與事件調查，只能不明就理地乖乖跟著走。

就在她走累時，開口問朔：

「欸，你到底在幹嘛？不是要查案？」

「不是正在查嗎？」

「哪裡有？」

華只覺得兩人在散步。

「妳沒有注意到嗎？」

「注意到什麼？」

看見華認真不解，朔露出傻眼表情。

「妳明明能輕而易舉打倒妖魔，力量如此強大，卻也太偏頗了吧……算了，妳從來沒做過術者的工作，這也難免。」

「什麼意思？」

朔嘆了一口氣之後，把手機畫面拿給華看。

畫面上顯示著這一帶的地圖。

「這裡是第一現場，這裡是第二現場，然後這是最近發現動物非自然死亡屍體的地方。」

朔邊看著地圖邊仔細說明。

「全都在附近耶，咦？這邊……」

華看著地圖，回想上午走過的地方，這才終於察覺。

「這是我們上午走過的地方？」

「沒錯，妳沒有察覺到嗎？這些地點四處留下相同力量的殘渣，怨念、憎恨等沉重的負面情緒應該是遭殺害的動物們的意念，這些東西若是放置不管，牠們的靈魂會留在那裡，得到力量後就會變化成妖魔。」

「妖魔是從生物強烈的負面情緒中誕生的對吧？這點知識早在學校裡學過了。」

華用著「你可別小看我」的心情看朔。

「還不是因為妳都學過了卻沒有注意到。在那些地點，明明可以感受到足以讓妖魔誕生的汙穢，卻沒碰到任何一隻妖魔。」

「的確是耶……」

平時常常遭到妖魔盯上的華，今天完全沒有碰到。

妖魔明明就是喜歡聚集在負面情緒濃厚處的東西啊。

「明明感受到負面力量，但那宛如殘香般幾乎已經從該處消失。既然如此，那些是上哪去了？問題就在此。在發現動物屍體處，還留有和兩個被害者遺體身上相同的不祥力量。」

完全沒發現這些的華不解歪頭。

「……妳啊，根本沒好好上課吧。」

「因為我完全沒打算當術者啊。」

「妳平常上課都在做什麼。」

「睡覺。」

朔的手刀立刻飛下來。

「今後給我好好醒著。」

「好啦好啦，先別說這個了，事件比較重要。」

朔重重嘆了一口氣後，重新打起精神。

「總之，先去下一個地點。」

「還有喔？」

「接下來是最後一個了。」

朔拉著已經不想繼續走的華，迅速邁開腳步。

他們抵達一個平凡無奇的停車場。

「這裡？」

「沒錯，聽好了，妳仔細看，感受此處的異物。妳平時常遇見妖魔，那妳肯定能看見力量的氣息。」

朔如此說完後，華試著定睛凝視。

用全身感受非人者的氣息、汙穢、負面情緒等眼睛看不見的東西。

華一開始還搞不太清楚，但她冷靜下來集中精神後，開始能感受到朔口中的異物了。

那確實是會讓背脊一涼的怨念。

彷彿可以聽見驚聲慘叫的怨念與憎恨等情緒。

但現在已經微弱得幾乎就要消失。

「嗯，隱隱約約感覺到了。」

「妳真的很有天分。」

「因為我平時常見到妖魔嘛，對妖魔的力量很敏感。但這裡的感覺不太一樣。」

「大概因為還沒變成妖魔，而且妳有感覺到嗎？這裡還有其他氣息。」

華試著再次集中精神。

和在此處慘遭殺害的動物不同，有另一股更加不祥的強大力量。

感覺很像妖魔，又和妖魔不太一樣，華第一次感受這種力量。

「我感覺到一股怪怪的東西……這是什麼啊？」

「我從兩名被害者的傷口上感覺到相同的力量，而這，就是這次的目標。」

「目擊者說看到狗？而且還會說話？」

「沒錯。」

華從未聽過有妖魔會說話。

妖魔是眾多負面情緒的聚合物，不是個體，所以沒有自我意識。

只是憎恨著這個世界，並追求力量。

因此可以斷定，這個基於某種理由攻擊特定對象的案件，並非妖魔所為。

華認為，朔肯定也認為凶手並非妖魔，而是別的存在。

「如果不是妖魔，你覺得是什麼？」

「有自我意識的存在……也或者是詛咒之類。」

「如果是詛咒，那我就沒辦法幫忙了喔？」

如果是詛咒，就得將詛咒回擊到施咒者身上；但若是處理不好，詛咒也可能會回擊到術者身上。

這太過危險，因此不會教導學生這些。

要等到成為三色以上的術者，才能夠學這些。

身為五色術者的朔當然懂，但還是學生的華，頂多只知道有詛咒的存在。

「我明白，到時妳不需要出手，正確來說是千萬別出手。」

華聽到後鬆了一口氣，但無法完全放心。

他們在這裡待了一會兒，但沒發現什麼重大線索，決定移動。

「朔～我肚子餓了啦。」

「說的也是，我們休息一下吧。」

附近正好有購物中心，他們想著裡面應該有餐飲店，便走了進去。

「啊，我去一下洗手間。」

「快點去。」

「好～」

當華上完廁所出來時，只見朔正遇到兩位女性搭訕。

「哎呀呀。」

華停下腳步，躲在暗處偷偷觀察狀況。

「嗳，好嘛好嘛。」

「和我們一起去吃飯嘛！」

兩個女人嗲聲嗲氣往朔身上靠，看起來對自己相當有自信。

相當強勢地不斷朝朔送秋波。

「肉食女子」還真是貼切的形容呢。

她們的眼神，與狩獵中的肉食動物完全相同。

我能走進這之中嗎？

不，辦不到啊。

正當華想著稍微觀察一下狀況、待在原地等待時，清楚見到朔的表情越來越不高興。

但就算露出那個表情，朔的面容仍然帥氣，總是立即吸引女性眼光。

知道朔動不動就愛吐嘈且個性高傲的華，在此之前不曾太在意，但朔有張只要走在街上，就能瞬間擄獲女性芳心的容貌。

「嗯～要是個性再好一點就完美了耶。」

但很遺憾，朔的個性是與華不相上下的惡劣。

「令人惋惜的帥哥，說的就是朔了吧～」

『很令人惋惜嗎？』

梓羽回問，華「嗯嗯」點頭。

「對啊對啊，只有那張皮相好，只、有、皮、相、好。」

正當華啊哈哈大笑時，朔不知何時已經站在她背後了。

「哦……」

朔帶著爆出青筋的笑容，但眼中沒有絲毫笑意。

「朔、朔、先生……您是何時……」

華臉頰抽搐。

「只有皮相好還真是抱歉啊。」

「您聽見了啊？」

「是啊，一清二楚。我被糾纏也百般忍受著等妳，妳竟然偷偷在背後說我壞話？」

華心想著「糟了！」不敢和朔對上眼，慌張不已。

「那個……」

當她不知所措時，剛剛搭訕朔的兩位女性朝這邊走過來。

「噯噯，你在幹什麼？」

「一起走嘛！」

朔的視線從女性移往華的臉上，嘴角揚笑，露出有所企圖的邪惡表情。

看見他的表情，華腦海中點亮危險燈號，但她無法脫逃。

下一個瞬間，朔用力拉近華的頭，掠奪她的紅唇。

「唔～唔～唔！」

想離開卻無法掙脫，朔不停深吻，彷彿故意要讓兩個女性觀賞，華則是大為混亂。

就在華再也無力抵抗，只能全身攀附在朔身上時，他才終於放開她的唇。

華紅了一張臉，上氣不接下氣。

看見華的模樣，朔露出愉悅的表情，看向兩位女性：

「妳們打算看到何時？我得忙著和妻子約會。」

看見兩人熱烈激吻的兩位女性紅了一張臉，很不自在地快步離去。

「終於離開了。」

朔一聲冷哼，彷彿表示終於可以清靜，但華可是有很多話要說。

但最後全濃縮成這句話：

「朔你這個大笨蛋！」

「放心，我比妳還聰明。」

「我不是這個意思！」

「那妳是什麼意思？」

朔這毫無畏懼的笑容教人氣惱。

「如果這麼討厭，那妳放開我如何呢？」

明明知道華幾乎腳軟，只能整個人攀在朔身上還這樣說，朔真的很壞心。

「你果然就是只有一張好皮相！」

好不甘心。但朔環抱住華的手好溫柔，這又讓華更加不甘心。

而最不甘心的是，她一點也不討厭朔的吻。

雖然絕對不可能把這話說出口。

看在旁人眼中，只覺得兩人是卿卿我我的情侶吧？突然，有個很大的聲音傳進兩人耳中。

「啊～是華華耶！」

轉頭看聲音方向，只見鈴在一段距離外伸手指著華。

鈴急急忙忙跑過來。

「鈴！妳為什麼在這裡？學校呢？」

「討厭啦，華華真是的，今天只上半天課啊！所以說，我放學後和雄雄來約會。」

「雄雄？」

看向鈴後頭，和之前看過的照片如出一轍的輕浮男性，就跟在一旁。

看見本人後，感覺比照片上更加輕浮。

「比起我，華華妳……」

鈴看著和朔互擁的華，掩不住臉上竊笑。

「唔呵呵，你們感情真好呢。」

華急忙和朔拉開距離。

「才、才不是妳想的那樣。」

「真是的，妳不用害羞啦，因為我知道華華超級喜歡家主大人的嘛。」

「哦，是這樣嗎？」

朔咧嘴笑個不停，華慌慌張張否認。

「沒有沒有！」

「這樣啊，原來妳超級喜歡我喜歡得不得了啊。」

「所以就說沒有了，只是學校傳出奇怪的謠言而已！鈴，我拜託妳別亂說啦。」

華努力解釋。

朔彷彿找到可以捉弄華的把柄而樂在其中，有夠惡劣。

「啊，我還沒向您打招呼。我是華華的朋友三井鈴，這是我的男友波川雄大。」

「嗨。」

雄大一頭金髮還戴著一堆耳環，看起來很輕浮，而他說話的方法也跟他的外表一樣輕浮。

「喂喂，這傢伙是鈴的朋友？也太帥了吧，還差我一截就是了。」

雄大格格笑個不停，完全無法說有氣質。

「雄雄，不能這樣說話，一之宮先生是地位很高的人。」

「什麼啦，又不是總理大臣，沒關係吧！」

不對，某種意義上來說，朔甚至擁有不把總理大臣放在眼裡的權力，但身為普通人的雄大當然不可能會懂。

而知道朔有多大權力的鈴，只能不停鞠躬向朔道歉。

「一之宮先生，真的很不好意思！」

雄大看到鈴拚命道歉也一臉無所謂，華對他的好感度節節下滑。

你給我自己道歉啊！

「鈴，朔不會因為這點小事生氣啦，你們在約會對吧？已經沒關係了，那就在這裡……」

「啊，機會難得，和你們一起雙組約會也行喔！我們現在要去吃午餐，請我們吃飯吧，大叔。」

朔的臉頰抽搐了一下。

「雄、雄雄！」

「鈴也想要和朋友一起吃午餐對吧？」

「這當然想啊……」

「那就這樣決定了，你年紀最大，會請我們吃飯對吧？」

雄大自來熟地對朔勾肩搭背。

這再怎麼說也太失禮了，華和鈴都忐忑不安地擔心朔會真的生氣，但與她們的預期相反，朔沒有生氣。

不僅如此，還主動開口說一起吃午餐。

華雖然感到很驚訝，但看見鈴很開心，也就沒有反對了。

但是，前往雄大推薦的餐廳的途中，華開口問朔：

「真的好嗎？他那種誇張的態度我還以為你會生氣耶，如果是我，應該已經給他一拳了。」

是毫不留情、可以一拳把人揍飛的那種，而且能不能一拳解氣還很難說。

「這個嘛，他的態度的確令人難以領教，但我想稍微觀察一下狀況。」

「有什麼在意的嗎？」

「那傢伙身上有血腥味。」

「血腥味？」

華沒有聞到。

「不是錯覺？」

「不，這類似身為術者的直覺，那傢伙或許有什麼不對勁。」

朔彷彿有所把握，他的話中充滿自信，華沒辦法多說什麼。

身為術者的經驗與實力，身為五色術者的朔都遠遠超越華。

華不能因為「只是直覺」就簡單屏棄他的想法。

「沒想到竟然是鈴的男友……」

鈴開心曬恩愛的表情閃過腦海，華有種難以言喻的感覺。

「如果只是個直覺就好了……」

身為鈴的朋友，華只能衷心如此期望。

四人一起在雄大推薦的店家用午餐。

他選擇了對學生來說稍顯高價的餐廳，不知道是否因為期待有人請客——但如果真有這種打算，那他還真是個垃圾耶。

不過，在他要求第一次見面的人請客時，已經是相當無禮的人就是了。

算了，對一之宮集團之首的朔而言，這點小錢微不足道，他本人也不是太掛懷，但華總覺得有點掛懷在意。

但不管怎麼說，華一大早不停歇走到現在，終於能坐下讓她不禁鬆了一口氣。

在料理端上桌之前，雄大自來熟的態度毫無改變，好幾次對朔說出無禮發言，每次都讓鈴替他道歉。

聽鈴說「雄雄很溫柔又很帥氣」，雖然對鈴很不好意思，但華實在無法理解他到底哪點好。

但鈴用沉浸愛河中的少女眼神看著雄大，看見她如此樂在其中，華的心情相當複雜。

身為擔心鈴的朋友，現在或許必須明白勸她放棄這個男人比較好，雖然華這麼想，也擔心說出這種話會不會被鈴討厭。

就在對雄大的言行感到煩躁中，他們用完餐離開餐廳。

「哎呀，真的超好吃的耶。」

「雄雄，得好好向一之宮先生道謝才可以。非常感謝您。」

「啊，不用謝，別放在心上。」

「他都這樣說了，真不愧是大人，真慷慨耶。」

在鞠躬道謝的鈴身邊，雄大一句話也沒謝，到這種地步，已經超越憤怒，只有滿滿傻眼感了。

華倏然看了鈴，見她露出悲傷表情。

華忍不住拉起鈴的手，說著「我們去洗手間」，強行拉著鈴離開現場。

雖然這會讓朔和雄大兩人獨處，而朔肯定有辦法解決。

華就這樣拉著鈴去洗手間，但她根本毫無計畫，所以也不知該說什麼好。

她只是想把鈴帶離開而已。

沉默中，鈴小聲開口道歉。

「華華，對不起，你們難得約會卻被我們打擾。」

「又不是妳的錯，不管怎麼想，有錯的人都是……」

華沒說出口。

但已經足夠表達給鈴知道。

「雄雄一開始真的很溫柔，真的喔！但交往之後漸漸變了一個人……」

「妳看見他今天的態度之後怎麼想？」

「……覺得他太失禮，簡直教人難以置信。」

鈴難以啟齒地小聲說。

「妳不是很明白嗎，身為妳的朋友，我也覺得那種人不值得交往。但這是我的想法，不是妳的想法。妳想怎麼做？真的可以和那種人繼續交往下去嗎？」

「……」

鈴沒辦法立刻回答，沉默不語。

「只要是妳的選擇，我都會支持妳。雖然不清楚妳做出的選擇是對是錯，但我希望妳能做出最後能笑著說很幸福的選擇。如果妳需要找人商量，我隨時奉陪。」

「華華……」

鈴雙眼泛淚，輕輕吸鼻子。

看著鈴撲簌簌落淚，華也只能摸摸她的頭。

但不一會兒，鈴便露出一如往常的笑容。

「華華謝謝妳，我會認真好好思考。」

「嗯，果然『人不可貌相』，妳比外表看起來更加堅強，肯定沒問題的。」

「『人不可貌相』也太過分了吧！」

看見鈴氣得嘟嘴，華放聲大笑。

回到朔兩人身邊時，他們很開心地對話著。

不對，開心的只有雄大一人，朔看起來很努力忍耐著不發飆。

在朔衝破忍耐極限前，華與鈴和他們兩人會合。

趁雄大和鈴說話時，華也和朔說話。

「還好嗎？」

「妳覺得很好嗎？」

「這個嘛，我覺得你就快要發飆了。」

強硬扯出的笑容很恐怖，真希望他別繼續用這張臉對著自己。

「但也有收穫。」

「什麼？」

「那個男人，似乎認識之前的所有被害者。」

「什麼！」

不小心嚇得大聲驚呼的華，慌慌張張地用雙手摀住自己的嘴。

她看了鈴一眼，確認鈴沒特別在意自己之後才放開手。

「那和你說的血腥味有關係嗎？」

「還不清楚那麼多，但無法置之不理。妳對他有多少了解？」

「我頂多只知道他是鈴的男朋友。」

朔砸嘴。

「要不要我不經意問鈴看看？」

「別這麼做，最糟糕的狀況，很可能把妳朋友捲進來。」

「那該怎麼辦？」

「就只能讓人監視他，趁這段時間調查他和先前的事件有沒有關聯。為了慎重起見，等到調查結束前，建議妳朋友先別和這個男的見面比較好。」

「真的是，為什麼偏偏是他啊！」

這男人真有夠惹麻煩。

如果鈴因為雄大被捲進危險中，華會詛咒他，就算他死了也不放過。

原本打算吃完午餐就要立刻撤退，但華和朔判斷，讓鈴和雄大兩人獨處可能會有危險，所以兩人接下來也繼續和他們一起約會。

華繃起神經以應付隨時可能發生的狀況，她不知不覺中皺起眉頭，朔用食指壓壓她的眉間。

華眨眨眼，和溫柔微笑的朔對上眼。

「妳這樣一直繃著神經會累，稍微放鬆點吧。」

「就算你這樣說……」

鈴可能會被捲進危險中耶，華怎麼可能有辦法放鬆。

「放心，有我在。只要我在這，就會保護妳和妳的朋友。」

這是充滿無限自信的一句話。

聽到朔這句話，華也自然放鬆了緊繃的肩膀。

朔總是高高在上，態度高傲，但打從心底令人放心。

明明尚未共度太長的時間，卻不知從何開始對朔產生信賴感了。

溫柔擺在華頭上的溫暖大手，帶給她力量。

「嗯，要好好保護我們喔。」

華輕聲笑了。

就這樣，在沒發生任何狀況下離開購物中心，步上歸途。

再來只剩目送兩人離去。

之後算好鈴回到家的時間，告訴她一定程度的理由後，要她別再和雄大扯上關係就好了。

時值逢魔時刻，華邊想著這些事情邊走，就在他們正好走到一片大空地時，那東西出現了。

第一個發現的人是朔。

他倏地停下腳步，朝四周張望。

「朔，怎麼了嗎？」

聽到華的聲音，鈴和雄大也停下腳步。

「華華？」

「幹嘛啊？」

兩人都一臉不解地看著朔。

下一個瞬間。

「快逃！」

朔大吼的同時，一個巨大的黑色物體，從暗處朝這邊高速衝來。

「呀！」

「那、那是什麼鬼啊！」

鈴和雄大慌慌張張地往空地方向跑。

那東西像要追趕兩人，也往同一方向跑過去。

「什麼啊，這什麼啦！」

「雄雄！」

不知該逃往何方的兩人想從黑色巨物手中逃脫，但鈴速度慢了點。

她反射性抓住雄大的手，但沒想到他竟然甩開鈴求救的手。

「放開我！」

「呀啊！」

鈴順勢跌倒在地，黑色巨物在她面前停下。

「啊……」

嚇得臉色蒼白的鈴拚命想逃跑，但她腳軟使不上力，只能坐著不停往後退。

「鈴！」

華反射性擋在鈴和黑色巨物中間。

「結！」

聽見朔焦急聲音的同時，保護華和鈴兩人的結界也隨之出現。

理解這是朔的結界後，稍微鬆了一口氣。

四處張望後，發現雄大身邊也張設了結界，雄大瞪大眼看著包圍自己的結界。

不知為何，黑色巨物執拗地想攻擊雄大，看也不看眼前的華和鈴，只是朝雄大前進。

第一發攻擊被朔的結界擋下，但光一擊就足以撼動朔的結界。

只要身為術者，就能看出結界無法撐太久。

朔也選擇要在短時間內決勝負，朝黑色巨物釋放力量。

被力量打中的黑物「唔啊啊啊」地痛苦哀號。

滿地打滾的黑色巨物，逐漸顯露出具體的身形。

「狗？……不對，是狼？」

沒錯，那是一隻非常巨大的黑狼。

眼睛充血，因為憎恨而扭曲臉孔，只是狠狠瞪著雄大不放。

看也不看攻擊牠的朔一眼，用身體朝雄大衝撞也被朔的結界擋下來，但結界中的雄大嚇得腳軟，連試圖逃跑的舉動也沒有。

「葵。」

華一喊，葵立刻現身。

「葵，你送鈴回家。」

「主子打算要做什麼？」

「當然是要和朔一起打倒那個啊！」

葵一臉不高興，這是在表達對離開此處的不滿。

「鈴是我最重要的好朋友，所以才交給你的，拜託你啦。」

「您知道您只要這樣說我就無法拒絕，主子太狡詐了。」

葵心不甘情不願地抱起癱軟在地的鈴。

「咦？華華？這個人是誰？」

「是我的式神，這邊很危險，妳快點離開。」

「華華呢？」

「葵，拜託你了。」

華沒有回答，只是對著鈴微笑。

「我明白了。」

「華華！」

鈴掙扎著想離開葵的懷抱，華把手擺在她面前。

「我改天再對妳詳細說明。」

說完後在她面前輕輕揮手，鈴的眼睛慢慢閉上，瞬間失去力氣。

對葵拋去一個視線，葵點點頭，抱著鈴離開空地。
目送兩人離開後，華衝到朔身邊去。
包圍雄大的結界隨時都會被破壞掉，朔拚了命想要滅掉狼，但即使受到朔的攻擊，狼也沒把眼睛從雄大身上移開。
接著，朔的結界終於被破壞了。
華用身體將雄大撞開。
原本打算咬上雄大的尖牙就咬在華的手臂上。
「唔唔，啊啊啊啊！」
劇痛讓華眼冒金星。
但與之同時，狼的感情與記憶如跑馬燈般流入華的腦中。
那是又痛又苦、無法用言語表達的沉重怨恨，以及包容這一切，教人悲傷的溫柔。
華無法忍受手臂的痛楚，當場倒下。
「華！」
朔的聲音感覺好遙遠。
感覺隨時都會失去意識，但華絕不能在此時昏倒。
如果剛剛看見的畫面為真，那就得要盡快阻止才行。

視線捕捉到朔正要攻擊狼，華痛得扭曲表情也努力起身。

不可以攻擊祂。

「朔，不可以！那是犬神，是祟神啊。」

華大喊，讓朔無法輕易攻擊。

「祟神？這是怎麼一回事！」

朔在自己與雄大身邊重新張設好幾重結界，採取守備狀態。

華不顧自己的傷勢，闖入朔的結界中，抓住坐在地上的雄大胸口。

「全部都是這傢伙，這些傢伙們才是元凶！」

被這充滿憤怒的眼睛狠瞪，雄大「咿」地小聲尖叫。

「最近發生的犬隻大量虐殺事件，是這傢伙和其他被害者……不對，說被害者未免太狂妄──是被攻擊的那三人和這傢伙做的！」

「喂，這是真的嗎！」

朔大聲怒吼逼問雄大，但雄大只是發抖著沒有回答。

華忍不住朝他頭槌。

「說清楚！你們是兇手對吧！」

面對華的魄力，雄大支支吾吾地點點頭：

「對、對啦，是我們做的……」

「你們這些混帳蠢蛋！」

華使出渾身的力氣朝雄大臉上揮拳。

「嘎！」

被華痛毆的雄大，直接往後倒下昏死。

華氣喘吁吁地低頭俯視雄大，其實想要再多揍幾拳，但現在不是做這種事的時候。

試圖破壞結界而持續攻擊的墮落犬神就在一旁，面對這樣的祟神，朔只能皺起眉頭。

「祟神啊……這還真是麻煩了。」

祟神雖是墮落的神明，但原本也是神明。

就算是五色的朔，人類想要滅除神明也絕非易事。

更別說滅除……也就是殺害神明，得因此背負殺神的罪孽。

而這必須付出什麼代價，不實際碰上也沒人知道。

是伴隨極高風險的行為。

「可惡，該怎麼辦……」

就連朔也會遲疑的「殺神」。

但華絲毫沒打算讓朔做出那種事。

華離開結界，朝祟神走過去。

「華！」

聽見朔焦急的聲音，但華只看著祟神。

接著緊緊抱住祂的脖子，像要將祂拘禁般張設結界，緊緊抱住用力掙扎的祟神並大喊：

「梓羽！雅！」

呼應華的呼喊，梓羽展翅，虹彩翅膀灑下閃閃發亮的鱗粉，落在他們頭上。

接著，雅手拿出神樂鈴，在犬神身邊搖響鈴聲。

伴隨「叮啷、叮啷」的鈴聲，犬神彷彿取回意識般，漸漸冷靜下來。

祂原本是住在這塊土地上的溫柔神明。

因此才無法放任犬隻慘遭傷害、殺害後留下的怨念與憎恨不管，犬神將牠們的意念，全都納入自己體內。

但數量太多，過於巨大的負面情緒侵蝕犬神，讓祂墮落成祟神。

「祢不需要做這種事，祢不需要因為這種男人的錯誤而痛苦，這個男人不值得祢這麼做。」

一陣呻吟後，犬神第一次開口說話。

『……但是，好痛苦，好怨恨。不殺了這個男人，就沒辦法消解這彷彿灼身的怨恨。殺了我吧，如此一來我便不會繼續墮落。我不想怨恨，不想傷人……』

悲傷的慟哭。

因為這種男人，讓如此溫柔的神明痛苦，這太不合理了。

「祢尚未完全墮落，可以變回那個溫柔的神明。」

『沒辦法了，我納入體內、哀傷者的意念強烈地侵蝕我，已經和我同調，我無法憑自己的意識剝離。』

「我明白了，那麼就交給我。」

華解開祟神的結界，把力量傳送給祟神。

那和對梓羽或朔所做的不同，並非單純強化對方力量，而是強化成為祟神之前的犬神本來的力量。

這力量如同要將凝滯的水變得乾淨清澈一般。

但這還不夠。

「雅，拜託妳跳舞。」

「遵命。」

雅再度拿起神樂鈴，「叮啷、叮啷」搖響鈴聲地躍動起來。

以祟神為中心，圍繞在祂身邊起舞。

舒心的美麗鈴聲響起，隨著雅身上的羽衣輕輕飄動，位於中心的祟神身體也逐漸淨化。

而持續灌輸力量的華，尋找著犬神和與其同調的負面情緒間的界線。

這彷彿穿針引線般，需要精細地控制力量。

華專心致志，連外界的聲音也聽不見，接著終於找到了。

在雅的淨化之舞幫忙下，華找到犬神和與其同調的眾多犬隻負面情緒的界線，接著一口氣朝界線灌注力量，將其從犬神身上剝離。

與此同時，華就勢朝後方倒下去，朔連忙抱住她。

從犬隻們沉重憎恨中解脫的犬神，就在華的懷中。

原本有華兩倍大的犬神，現在小得可以完全縮在華的懷中。

華放鬆地吐了一口氣，但她抬起視線，事情尚未結束。

祟神方才所在的地點，只留下侵蝕犬神、犬隻們的怨念與憎恨的團塊。

如果置之不理，那東西接下來會變成妖魔，引起其他傷害。

但如果還沒變成妖魔，就還有挽回的餘地。

「雅，淨化牠們吧。」

雅手上的神樂鈴發出清脆的樂音，獻給上天。

犬隻的強烈意念因而得到淨化，回歸天空。

犬神和華一起，眼神悲傷地目送牠們離去。

接著只留下寂靜。

「結束，了嗎……？」

朔一臉難以置信地呆然以對。

華低頭看仍緊緊抱在懷中的犬神。

「已經沒事了嗎？」

『是的，真的幫大忙了，請讓我向你們獻上由衷的感謝。』

犬神說完後舔舔華的臉頰。

華感受到搔癢、輕笑出聲，下一個瞬間露出很尷尬的表情。

「……然後啊，有件事有點難說出口。」

『什麼事？』

「我剛剛為了把祢和狗狗們的意念分開，不是傳送了大量的力量給祢嗎？」

『似乎是如此。』

「因為祢很虛弱，所以祢現在的身體裡，我的力量超越了祢的力量。然後啊，好像變成了我不小心收服祢了的感覺了耶……」

「喂喂……」

朔臉頰抽搐，但犬神還搞不清楚怎麼一回事，只是不解歪頭。

「那個啊，也就是說啊，我不小心把祢變成我的式神了。」

朔用手摀住臉，低聲喊「真的假的啊……」

「如果可以，我也很想要解放祢，但我和祢之間已建立起連結，要切斷可能很困難。真的很對不起！」

但這是不可抗力啊。

華絕對沒有這種打算。

『我無所謂，原本就想要向妳道謝。如果是這樣，在妳有生之年，我就成為妳的式神，聽命於妳吧。』

超乎華的想像，犬神輕易接受了這件事。

和放下心中大石的華不同，朔大驚失色地反問犬神：

「祢是認真的嗎！神明要聽命於人？」

「朔，幹嘛啦，你別那麼大聲啦！」

「這怎麼可能有辦法不大聲，祂是神明耶，和一般用術者力量創造出來的式神，等級完全不同啊。」

「祂本人都說好了，所以這樣就好了啊。」

華的反應也太輕鬆了吧？

但朔會感到驚訝也在所難免，一般來說，神明的自尊心相當高傲。

過去也曾有術者想收服神明作為式神，但神明不可能輕易容忍自己成為式神。

這次華和犬神間因為不可抗力而有了力量連結，這種狀況下，如果神明有所不滿，甚至可能降下神罰，殺了人類。

絕對不可能如此輕而易舉地接受。

不理會朔的驚訝，華的態度過分輕鬆，看來她並沒有深思這件事。

現在也開心地和犬神討論：

「如果祢要當我的式神，那就得替祢取名字才行呢。叫嵐如何呢？很帥氣對吧？」

『嵐啊，好名字。』

「朔，我可以帶祂回家吧？」

「隨妳高興……」

看見華像是跟帶流浪犬回家沒兩樣的態度，朔已經連一句話也說不出來了。

「發生太多事情，我好累……快點回家吧。」

朔從口袋中拿出手帕，緊緊綁在華剛剛被嵐咬傷、現在還在出血的傷口上，但鮮血立刻染紅手帕。

『抱歉。』

「或許先去醫院比較好。」

嵐很沮喪，華摸摸祂的頭，要祂別在意。

「這點小傷沒什麼，雅、梓羽，我們回家吧。」

華一呼喊，兩個式神立刻靠過來，但總覺得好像忘了什麼。

才這麼想，昏倒在不遠處的雄大似乎正巧醒來。

「啊，怪物呢！哇啊，我流鼻血了！」

聽見雄大吵鬧不休的聲音，朔這也才想起還有這個人。

「原來是忘了處理那傢伙了。」

「怎麼辦？你應該不會想無罪赦免他吧？」

眾多生命因為雄大和他的同夥逝去，甚至還令神聖的神明墮落成祟神。

不讓他們贖罪，可無法熄滅腹中的怒火。

「放心，我會連絡認識的警察讓他們來抓人。」

朔說完後，開始打電話。

不一會兒，接到通知而前來的警察將雄大帶走。

雄大到最後一刻都吵鬧不休，但他以連續大量虐殺犬隻的犯人身分，被塞進警車帶走。

「那傢伙會接受人類的法律制裁，雖然這國家的法律只會輕罰他，但還請您別殺了他……」

『好，這樣就好了。』

原本恨不得殺了雄大的犬神……不，嵐的眼神相當平靜。

這也讓華放心地步上歸途。

❀❀❀

當華帶著變成式神的犬神回家時，連美櫻也幾乎嚇昏，但總之接納祂成為新家人了。

嵐和華其他式神也處得不錯。

華因為手臂上袒護雄大而受的傷，發起高燒，只能臥床休養。

讓華受傷的嵐很愧疚地趴坐在她身邊，連她也跟著愧疚起來了。

休養幾天後，身體終於恢復，可以去上學了。

睽違幾日來到學校，鈴相當擔心地跑過來。

「華華，妳已經沒事了嗎？」

「沒事沒事。」

在華發燒昏睡期間，朔代替華向鈴說明了大致狀況。

雖然剛聽到時相當驚訝，但鈴也是想成為術者之人。

她立刻冷靜下來接受了朔的說法。

在華退燒之後她們講了幾次電話，華在此時把葵及雅的存在告訴鈴，也因為一直隱瞞自己力量的事情，被鈴斥責「妳也太見外了吧」。

但鈴在盡情抱怨不滿後，又回復一如往常的態度，讓華鬆了一口氣。

不管華是否擁有力量，始終用相同態度對她的鈴，是華的心靈救贖。

「話說回來，妳聽說了妳男友的事情嗎？」

雄大和倖存下來的另一人，被警方逮捕了。

因為他們的作為而出現祟神，術者協會對此大為震怒，動員所有勢力奔波蒐集證據，所以沒過多久就起訴兩人了。

華今天早上聽聞此事時，上學途中還很擔心鈴會不會因為這件事心情沮喪，沒想到鈴根本毫不在意。

「啊，華華，他已經不是我男友了。」

「咦？」

「我聽一之宮先生說完後，心情迅速冷卻，然後寫了分手信請一之宮先生轉交給雄雄，所以我和他已經沒有關係了。」

「是什麼時候……」

「對動物做出那種殘忍行為太不可饒恕了，即使是百年之戀也會冷卻。」

鈴表情爽朗地如此說道，華也就不再擔心。

一連串事件結束，朔亦處理完所有善後工作，所以華也無所事事。

在房裡慵懶翻滾，把臉埋在成為她新式神的嵐的鬆軟毛皮中，是她最近至高無上的幸福時光。

華仗著嵐不會抱怨，盡情享受這難以言喻的毛茸茸觸感。

「妳也太懶散了吧？」

從嵐身上抬起頭，只見朔傻眼地看著華。

「朔也要一起嗎？」

「不要。」

「這可是會誘惑人變成廢人的毛茸茸耶。」

「比起這個，柱石的結界已經趨於安定了。」

事件解決後朔也有了空閒，最近完全專注在輸送力量給柱石這事上面。

看來似乎有成果了。

「那我完成任務了？」

「的確如此，已經不需要借用妳的力量，靠我自己也能維持了。」

「太棒了！」

華無比開心地舉雙手慶祝。

「那這樣一來就完成契約了，你沒忘了約定好的酬勞吧？」

華滿臉喜悅地問道。

「沒忘，我會確實地支付妳酬勞。」

「萬歲～那事不宜遲，也快點在離婚申請書上蓋章吧。」

想到這樣一來也會和朔再無瓜葛，心中一瞬間閃過落寞，但華試圖藉著歡慶得到自由，來甩開這股心情。就在華的情緒達到最高潮時，因為朔的一句話而冷卻下來。

「我不會蓋。」

「咦？」

「所以說，我們不會離婚。」

「啊？」

華聽不懂朔在說什麼。

因為，他們的婚姻是為了結界而簽訂的契約婚姻啊。

既然結界已經完整，代表華已經完成任務，朔卻說不離婚。

「怎麼一回事！」

華逼問朔。

方才的喜悅消失得一乾二淨，華現在只有滿心的困惑與疑問。

「合約上不是寫得很清楚嗎？」

「什麼？」

華急忙把和朔締結的合約書拿出來看，從頭到尾重新確認。

接著看到最後兩行，那是不久之前，朔為了請華協助調查事件而追加的事項。

第一點沒有問題。

只要華協助調查並解決事件，朔就會給她一棟海景別墅。

但是，華對於最後一段文字毫無頭緒。

「……酬勞將在完成合約的同時支付，但不離婚。在那之後也將延續夫妻關係！另外，若對此條款不服，須於追加條件後的三天內提出異議？」

華疑惑地看著朔的臉。

「沒錯，而妳在過了三天也沒有提出異議，所以今後也將延續夫妻關係。」

「你、你這是詐欺！」

「別毀謗我，是妳不仔細看合約的錯。」

「但是但是，是這樣說沒錯……」

責任確實在沒好好確認的華身上，但她根本沒想到朔竟然會加上這段文字啊。

「所以說，今後也請繼續指教，夫人？」

「為什麼啦？為什麼會突然變成這樣。你快點和我離婚，另外找一個器量大的美女當老婆不就好了嗎，只要你想要，就能馬上找到吧？」

華一臉無法理解，朔毫不畏懼地笑著，手滑過華的臉頰。

定睛凝視著華的強力眼神，讓華不禁背脊發顫。

「是妳讓我認真起來的啊，華。」

「你這話是什麼……」

華話還沒說完，朔的唇先堵住了她的唇。

雖然僅僅一瞬，但那足以阻擋華說出反駁的話語。

「我想要妳，我不要當假夫妻，想和妳成為真正的夫妻。」

熱切的眼神射穿華，華一句話也說不出口，嘴巴只能一張一闔。

「快點愛上我吧，華。」

朔壞心地揚起嘴角，華簡直要昏倒了。

滿心祈求這只是場夢。

雖然這樣期望，但再次交疊的唇，讓華再也無法思考。

國家圖書館出版品預行編目資料

結界師的一輪華 / クレハ作 ; 林于楟譯 . -- 一版 . --
臺北市 : 臺灣角川股份有限公司 , 2023.08-
冊 ; 公分
譯自 : 結界師の一輪華
ISBN 978-626-352-733-1 (第 1 冊 : 平裝)

861.57 112007661

輕文學
Light Literature

結界師的一輪華 1
原著名＊結界師の一輪華

作　　者＊クレハ
譯　　者＊林于楟

2023年8月21日　初版第1刷發行

發 行 人＊岩崎剛人
總　　監＊呂慧君
總 編 輯＊蔡佩芬
主　　編＊李維莉
美術設計＊吳乃慧
印　　務＊李明修（主任）、張加恩（主任）、張凱棋

台灣角川

發 行 所＊台灣角川股份有限公司
地　　址＊104台北市中山區松江路223號3樓
電　　話＊（02）2515-3000
傳　　真＊（02）2515-0033
網　　址＊www.kadokawa.com.tw
劃撥帳戶＊台灣角川股份有限公司
劃撥帳號＊19487412
法律顧問＊有澤法律事務所
製　　版＊尚騰印刷事業有限公司
I S B N＊978-626-352-733-1